冰心散文奖
获奖作家散文自选集

生命是一次奇遇

孙蕙 著

组　　稿：中国散文学会
总 主 编：周　明　红　孩
执行主编：凌　翔

中国经济出版社
CHINA ECONOMIC PUBLISHING HOUSE
·北京·

图书在版编目（CIP）数据

生命是一次奇遇/孙蕙著.
—北京：中国经济出版社，2020.5
（"冰心散文奖"获奖作家散文自选集/周明，红孩，凌翔主编）
ISBN 978-7-5136-5683-2

Ⅰ.①生… Ⅱ.①孙… Ⅲ.①散文集—中国—当代 Ⅳ.① I267

中国版本图书馆 CIP 数据核字（2019）第 082339 号

策划编辑	崔姜薇
责任编辑	焦晓云
责任印制	马小宾
封面设计	陈 姝
封面插图	阿 秋

出版发行	中国经济出版社
印 刷 者	唐山楠萍印务有限公司
经 销 者	各地新华书店
开 本	710mm×1000mm 1/16
印 张	13
字 数	168 千字
版 次	2020 年 5 月第 1 版
印 次	2020 年 5 月第 1 次
定 价	49.80 元

广告经营许可证 京西工商广字第 8179 号

中国经济出版社 网址 www.economyph.com 社址 北京市东城区安定门外大街 58 号 邮编 100011
本版图书如存在印装质量问题，请与本社发行中心联系调换（联系电话：010-57512564）

版权所有 盗版必究（举报电话：010-57512600）
国家版权局反盗版举报中心（举报电话：12390） 服务热线：010-57512564

目 录

第一辑　此去经年，每个日子都曾起舞

我的咳嗽与你无关　002
隔着河流看过去　005
却顾所来径　012
坚硬如水　015
天堂鸟　019
把花朵开在脸上　021
拥抱　023
指尖微凉　025
四季及一些词语片段　027
梦里花落知多少　038

一晃而过的面孔　041
十二月的北京，去看一个人　051
舞曲响起时　055
左手平淡，右手沉浮　058
我将星辰抛在身后　062
大声说出来　067

第二辑　花朝手记，时光消逝了我仍在

灯影下的喜乐年华　072

人生若只如初见　075

刹那芳华　077

深深的划痕　080

水滴咖啡　083

夏天的姿势　086

从鸟声中醒来　091

嫁给生命　094

第三辑　千年守望，生命是一次奇遇

流水的日子　098

自己的珍珠　099

孤旅　100

不问　101

我们的内心　102

沉静，沉淀　103

有些美好是无法复制的　104

纠结，辗转　105

娑婆　106

恰好地寂寞　107

第四辑　写给萌娃，你是人间四月天

谢谢你来　110
慢生活　111
欢喜心　113
听音乐　115
人间四月天　117
生如夏花　119
远方　121
秋天是一个质朴的季节　123
生命的水井　125
落叶如歌　127

小雪人的妈妈在天上　129
鱼鹰　131
读到三首诗　132
感恩　134
风筝　135
温柔是一束光　137
偶像　139
快乐自己　141
这是我爸爸　143
每一个生命都是风景　145

第五辑　人在旅途，一切因你而值得

渴望上路　148

北京日记　149

祠堂里的现代生活　155

寂寞石牌坊　160

南宁之行　163

谒曹雪芹纪念馆　171

霜晓菊鲜鲜　174

第六辑　文字芬芳，寂寞的夜和谁说话

寂寞的夜和谁说话　178

重读《一个法国人的一生》　180

珍贵的尘土　182

太阳每天都是新的　184

她从海上来　185

不是我，是风　188

怎一个爱字了得　191

留一座美丽的岛　194

时光消逝了，我没有移动　196

触摸"爱"　197

在大地上我们只过一生　200

第一辑　此去经年，每个日子都曾起舞

我的咳嗽与你无关

我不得不承认，世上有些事真的与他人无关，比如我的咳嗽，比如窗外的暴雨，再比如我的女友说，她失恋了。

从不曾像今天这样安静地坐在窗前，听檐下雨打玻璃，那清脆的声音诠释着一种忧伤的幸福。此刻，博尔赫斯的雨滴在我的掌心。他说："谁听见雨落下，谁就回想起／那个时候，幸福的命运向他呈现了／一朵叫玫瑰的花／和它奇妙的，鲜红的色彩。"

在这个秋意渐深的傍晚，我看见潮湿的暮色中，有个背影匆匆掠过我的窗前，黑色玫瑰在他头顶缓缓转动着。我看不清他的脸，也触摸不到他的衣袂，但却闻到了他身上散发出的花香。

可是玫瑰的香？却又为何变成了死海的味道？

没人能告诉我，在这个潮湿的傍晚。

所有的脚步都在远处，遥不可及，深不可测。

一阵咳嗽声打破了寂静。我听见有个声音从我的嘴里冒出来，我吓了一跳。

哦，我咳嗽了。我又咳嗽了。好像有一天没咳了。当我想一个人的时候，我就会咳嗽。但我刚才只想了博尔赫斯啊。我想起博尔赫斯的雨，想起博尔赫斯的爱与梦，想起那个让博尔赫斯等了30年的埃尔莎。哦，埃尔莎！幸福的埃尔莎！30年啊，也不过就一瞬吧？可是，哪怕就这一瞬，又有谁会为我驻足呢？

该死的电话响了。

女友说，蕙啊，你知道吗？我失恋了！

她说她要死了，再也经不起折腾了，她付出了真情，而对方竟像扔了个瓦片，水面一点儿涟漪也没起。

你看中他什么？我问。

漂亮。女友理直气壮。还有潇洒，还有他本真率性，什么事都不瞒，连去洗头房泡妞的事也说。

我打断她，说你活该失恋，这样的人，值得你去爱吗？

一直希望，爱着的人是世上最干净、最纯真的，就像我们洁净的肌肤，在阳光下诗意成象牙色的白，又如淡淡的芳香，一点一滴地落在我们的心中，温暖着从前或往后的日子。

洁净地爱。洁净地行走。

岂知转瞬之间，这些美好的愿望被女友打破，仿佛行走在阳光中，突然置身于一片黑暗，我的手不知该伸向何处，亦如已置身另一个地方、另一个故事里，中间隔着某些东西。

那些记忆在哪儿呢？年轻，腼腆，美感，布满了温暖，像音乐那般流畅，并且深邃；是丝竹之音，将我们青翠的心轻轻呼唤。却不料，这青青的气息，在都市夜晚的昏黄灯光下，如"珍藏的水墨画／挂在记忆的烛光里／抚看，倾听／幽香，飘飘"。

女友怜悯地说，你懂什么，这才叫生活，你白过了啊！

我惊得陡地又咳了起来。

女友大呼：怪不得你说那些话，原来你咳嗽了，理解理解。

我说，我的咳嗽与你无关，正如你的爱情观与我无关一样，然后啪的挂了电话。

忽然觉得无家可归。

小时候，我就有种幻觉，长大后我一定不在本土，我将要度过的一生是我生命的另一个起点，只有它才能安置我日渐流离的心，它逼真到我触手可及的地步。

可是，诱惑我的故事、人物、场景一闪而过，我抓不住它们啊！那些令人心碎的印记，或许只是青铜器里沉睡的一抹葡萄红？

杜拉说："我生命中的故事是不存在的"，"有过的也不曾有"。

站在窗前，我把博尔赫斯轻轻卷起来，于是埃尔莎没有了，30年没有了，等待的梦也没有了。可是，一点儿用处也没有。

30年后，博尔赫斯和埃尔莎，命运让他们重逢，携手走过不到3年的光阴。用30年的等待换取3年的厮守，虽然有失望、有遗憾，但博尔赫斯没有白等。对博尔赫斯而言，他没有从埃尔莎身上得到他所梦想得到的东西，但他的离去没有遗憾。

时间改变了一切。

而这个雨夜，我也没因博尔赫斯的离去放弃我内心的希望，它们如一拨又一拨扑面而来的雨珠，顽强地在空中慢慢地绽放，华贵、精致、奢侈，让我欲罢不能。

但我也只能把它们深埋于心底。我知道这些希望与你无关，亦如我的咳嗽，亦如世上有些事，亦如窗外的暴雨，亦如我的女友说，她失恋了。

隔着河流看过去

父亲65岁、母亲58岁那年,他们搬进了新居。按照风俗,乔迁之际要送礼以示祝贺。在家闷头儿想,也没理出个头绪。无聊之际拿出许久不翻的影集,一张一张地掀过去,猛见母亲年轻姣美的脸庞像朵花,在我的手下缓缓盛开,那是母亲最美的时光啊!我的心快乐得直跳。

那年,母亲刚刚20岁。有着一头乌黑油亮长头发的母亲,总爱把它们编成麻花辫子垂在胸前,从门前的石板路经过时,身后总是落满年轻后生辣辣的眼光。母亲14岁时,外公撇下外婆和六个孩子去世了。为减轻外婆的负担,母亲毅然退学,进了家门口的一家工厂做挡纱工,下班后还要到外婆的米饼摊上帮着吆喝生意。外婆后来常对我说,要是母亲继续读书的话,一准是个做学问的料,而且母亲长得好看。就在外婆家的门槛快要被左邻右舍踏扁时,母亲丢下一句话:你们少操心,我有中意的人了。20世纪60年代中期,在我们这个小小的苏北小县城,奉行的还是"父母之命,媒妁之言"。因此,听了母亲的话,外婆气坏了,冲着母亲就是一个巴掌。

父亲50年代末毕业于江西某医学院，有着178厘米个头的父亲，喜古诗，会拉二胡、吹口琴什么的，却因家庭成分不好，没有哪家愿意把姑娘嫁给他。加之父亲天性孤傲不善言辞，因此27岁的他仍是光棍一个。一个偶然的机会，父亲与母亲相遇，没读多少书的母亲被父亲迷住了。

我识字不多，就想找个有文化的人，成分好不好有什么要紧的，是当饭吃还是当衣穿啊？真是的。母亲有次在与我闲聊时直摇头。

但外婆不这样想。在外婆的内心，始终认为是她耽误了母亲读书，她希望这个幺女将来能找个好婆家，过上有饭吃、有衣穿、凡事不用操心的舒心日子。无奈母亲是个犟脾气。最终母亲胜利了，但也付出了代价，那就是娘家没有一分钱的陪嫁，没有送亲的队伍，母亲收拾了旧衣裳，一个人走进了父亲有些寒酸、只有书本相伴的乡医院宿舍。

那年，母亲刚刚20岁。在成为新娘子之前，母亲偷偷地去了县城最好的一家照相馆，把她最灿烂的笑容用胶片定格成永恒。

婚后第二年，母亲生下了我。由于没人照应，母亲生下我的第三天就下地做家务，并到河边洗尿布。有好心人提醒母亲，说孩子啊，可不能这样，会落下毛病的。母亲笑笑，照样下河洗尿布，做饭给她亲爱的丈夫吃。那时的母亲是快乐的、单纯的。在她的眼里，父亲就是她的天、她的地，有了孩子，她更要上心了，因为这是她一点一点建起来的家。

当时母亲在县城上班，只有星期天才能坐汽车赶到乡下与父亲团聚。终于有一天，母亲发现父亲心里有了秘密，而这恰恰是母亲最最痛恨的。母亲永远都不会明白，敏感纤细的父亲当初接受她，除了被她的痴情打动外，他也确实需要一个家，而且母亲长得好看，这多少满足了父亲的虚荣心；但父亲的内心深处，始终有块处女地没向母亲打开。当他在合适的时间遇到合适的人时，那块地里的种子便发了芽。

从此，争吵成了父亲与母亲的见面语，然后有一天，母亲丢下我，

独自回了县城外婆的家。

父亲因替一个做老师的石姓朋友叫屈，被贬到大队做"赤脚医生"。我留在父亲身边时，父亲已从医院搬到了一个叫富溪的村子里。

流经屋前的是条小河，河面上有座小木桥，人从上面经过时颤悠悠的，桥体还会发出咯吱咯吱的声音。听父亲说，我第一次经过那座桥时，是从上面爬过去的，那样子像个小笨熊。父亲说这话时，头发已经花白了。那么久远的岁月，我是一点儿印象也没有了。我只记得河的两岸是平阔的菜地，开满了金黄的油菜花，沿河岸是一排柳树，长长的柔丝直垂到水面，桥的不远处有架风车，是村子里用来引水灌田的，我常和伙伴们赤足坐在风车的沿边上玩耍。

最常见的要数芦苇了。那随处生长的密匝匝的芦苇，潇洒淡雅，临风摇曳，到了秋天，秆头上还会冒出许多灰色的芦花，摘一把放在瓶子里，相当古朴典雅。那时只知喜欢，却不曾料到，若干年后，我会对着它，用忧伤的口琴曲子诉说心中的烦恼。

当时村里还没通电，都点小煤油灯，暗淡的灯光会将人影放大并反射到墙上，活像妖魔鬼怪。记得有次半夜醒来，父亲不在身边，我从被窝中探出头，猛然看见有个人影站在床边，却又不说话，吓得我将被子紧紧地蒙在头上，嘴里一个劲儿地叫唤。不知道过了多久，我听到一个熟悉的声音隔着棉被轻轻唤我，说爸爸出诊了，以为你不会醒来的。我还是不敢将头露出来，说爸爸你快把那人赶走吧，我怕。爸爸说，哪有人啊，你把被子松开，不然会闷死的。我说，有啊，就在墙上嘛。父亲哈哈大笑，说傻孩子，那是我的白大褂，别怕，没事的，爸爸回来了。我这才战战兢兢地探出头，然后扑到父亲的怀里，满脸的泪水湿透了父亲的前襟。经过这次惊吓，父亲也有些害怕了，因为他常常要夜诊，将我一人丢在偌大的房子里终不是办法。

父亲和母亲商量，让她把我接回城里。母亲却不松口，说回城可以，父亲得一起回。

那是1972年的夏天。那个夏天成了父亲心中永远的伤疤。

我已经记不清是如何睡到外婆的床上了。只记得当我睁开眼时，看到的是外婆的笑脸，还感觉到了她搁在我脸上的双手很粗糙。外婆说，丫头，快穿上衣服跟我去医院。我问，谁生病啦？外婆"呸呸"地朝地上直吐唾沫，告诉我，母亲给我生了个小弟弟。我"啊"的一下就扑到外婆的背上。

爷爷一直盼着能抱上个孙子，但母亲连着生了两个女孩，爷爷很不高兴。作为医生，父亲应该明白，生男生女不是女方一个人的事，但他却不吱声，甚至还怪母亲和我大姨一样只会生女孩。母亲很要强，又不好回娘家去诉苦，因此常在没人的地方抹眼泪。有次被我撞见了，我就站在墙边闭着眼幻想自己如果是个男孩多好。想着，想着，就一个人对着墙笑了起来，不料却惹来母亲的一个大耳光。

去医院要经过古老的护城河，然后再走一段弯曲的石板路。到了医院，我看见母亲偎在父亲的怀里。注视着那两张幸福的笑脸，我突然觉得他们有些陌生，于是低下头，看着母亲怀里紧皱着眉头的小小人儿。这就是我的弟弟？他好丑啊！母亲哈哈大笑，在我的脸上摸了下，然后说他还小，长大了就是个帅小伙了。我趴在床边不敢动弹，母亲的声音好温柔啊，并且她用手在摸我的脸哩。

好长一段时间，家里充满了笑声，温暖得我的心飞呀飞，从此盼望着母亲能天天生小孩。

经过母亲多方的奔波、争吵、交涉，在我进入小学的那年，我们一家六口终于搬进了公房，那是一座有着百年以上历史的老房子，两进的院子，木格子推窗，青色的方块砖，东厢房还铺着木地板。尤其让我兴奋的是，院墙上挂满了绿色植物，墙根下还有许多山药。记忆最深的是打碗花，那阳光下开着的紫色的花瓣令人窒息，我常会凝神半天不出声。母亲总说，不能摘啊，否则手里的碗会摔碎的。我不信，有次趁她不注意，偷偷地摘了一朵夹在书中，然后坐在桌边，捧了个碗翻来覆去地看，却不见它从我的手中滑落。我暗笑母亲唬人的水平也太低了。中午吃饭时，握得好好的碗突然"叭"的一声从我手中掉落在地。我从此再不敢动那花的心思了。

院中长着一棵石榴树，树下摆放着一个高高的水缸，六七月份会从水中冒出几枝粉红的荷花，软软的，像极了弟弟嫩嫩的皮肤。炎热的中午，我常用几把小凳子拼起来躺在荫荫的树下，一边哄着弟弟睡觉，一边偷偷翻着从父亲书桌上找到的小说或唐诗宋词，碰到不认得的字我就跳过去，然后再趁父亲不注意放回他的桌上。

沉浸在墨香中的我，心渐渐地充盈起来，家里的事也不闻不问。有次在吃饭时，我发觉桌上好沉闷，就不假思索地问：你们为啥不说笑啊？母亲扫了沉默的父亲一眼，然后说有什么好笑的，快吃快吃，我还要上班。直到我捧着的书被一双手狠命扯走，我才惊觉我已忘了父母亲不和的事实。茫然中，我看见母亲发红的眼睛，她指着我说，你就不是书公子的命，书看多了有什么用？我白生你了！原来母亲要离婚！我问父亲怎么办。父亲说，离就离吧，我也过够了。我知道父亲敏感、温和，而母亲却大大咧咧、性格急躁，是个一点就着的人，这样的两个人生活在同一屋檐下，对双方都是折磨。私下里我是向着父亲的，却又觉得这样想对母亲不公平，于是就有点怨恨起父亲来。可是，再看看父亲隐忍的表情和鬓角边碎碎的白发，我又有些同情他，这些年父亲也活得不轻松。注视着墙边渐黄的枯藤，我满脸是泪，无所适从。

那些宁静而幸福的午后啊，从此再也不会回来了！

看着三张花猫般脏兮兮的脸，父亲打破常规，主动去外婆家接回了母亲。但从此之后，他们之间打起了冷战，凡事总让我们三姐弟在中间传话。那段时间，我曾经想过离开这个家，走得越远越好，永远也不要回来了，甚至私下里希望父母亲离婚算了。这期间，正值壮年的石老师突然因脑出血过世。吊唁回来后，父亲好像变了个人，不但关心起母亲的起居，偶尔还会和母亲说笑了。每每这时，母亲总是一脸的灿烂，她会把散着茉莉茶香的杯子轻放在父亲的书桌上，然后坐在不远处的木凳子上，手里不停地绕着毛线，那样子是雅致的、恬淡的。对于母亲的改变，多年后我才悟出，对一个心中有爱的女人来说，丈夫的温情才是她最大的开心和满足，因为儿女终究是要飞的啊！

　　父母的关系有所缓和，但我独来独往的习惯却改不了了。同学们说我傲慢、清高，他们哪里知道我是多么地渴望友谊渴望爱啊，可我怎么也冲不破多年来缠绕成的茧壳，那是我的软肋。由于性格所致，我的婚姻成了父亲的翻版。母亲恰如当年的外婆，但我没有母亲的果敢，面对亲情与爱情，我选择了亲情。

　　我试图忘掉儿时的阴影，于是拼命地读书、写作，这成了我的一种生活方式。我时常听到有种声音在呼唤着我的灵魂，它总是在我的头顶散发出经久的阳光，温暖并把我照亮。它不会背叛我，面对它，我焦急的内心会平静，世界也才真正地完整。如果没有父母的乔迁，我想我是不会鼓起勇气隔着时间的河流看回去的。令我震惊的，不是父母的不和，也不是我小时候对父母的耿耿于怀，而是在我有限的文字中，竟没有一篇是描述童年生活的。

　　当我把翻拍好的母亲的照片送过去时，父亲捧着相片眉开眼笑，说这张还不是母亲最好的。母亲在一旁嗔怒地说，那张最好的被你撕了啊。父亲说，是吗？我怎么记不得了？看着父母亲密地争吵着，我的心突然就有些酸酸的。是啊，父亲和母亲，他们原本是两条孤独的鱼，一个淡漠，一个热情，互不相干，却在偶然的乱流中相遇，从此成了对方唯一可以取暖的源头。

　　沙发上，两个人靠在一起看照片，这幸福的瞬间让我相信，破碎的终将再度圆满，那么，我们何不以感恩的心去面对生活中的每一次幸福和伤痛呢？

却顾所来径

吃完晚饭，我喜欢换上黑布鞋，和老公一起散漫地到街头散步。

布鞋是母亲纳的，放在鞋柜中好几年了。以前在单位，上班总是穿皮鞋，脚硌得生疼，也不愿换上布鞋，我知道是虚荣心在作怪，却宁愿脚趾头受罪。不过再想想，整日奔波在外的人，是属于钢筋水泥的，浮躁的他们，得有坚硬的壳与外界抗衡，穿上皮鞋，或许底气会更足些吧。而布鞋，是闲散的、从容的，是四月的田野里最初的那抹浅绿。因此，也就不难理解，穿布鞋的大多数是老人，或如我等活在自己世界里，将散漫生活进行到底的女子。布鞋的舒适、熨帖，令我很是后悔辜负了从前的好时光。

小城现在的街，是经过五期旧城改造后的街。现今的城，亮了，鲜了，充满了现代气息，却也变得浮躁，全无旧时的从容、舒缓，以及闲情逸致。

从前的街，又叫七里长街，东西走向，路两边长满了高大的泡桐树，许多树枝茂盛得在空中接轨，如巨大的天然遮阳伞，夏天太阳再烈，只要在树荫下行走，阳光也不会刺到你的眼。落在衣上的跳跃斑点，仿佛调皮的小孩子握着小镜子在和你玩。杂货铺、影院、粮店、酒馆、澡堂等，只要与百姓生活密切相关的，统统在这条街上。大街又如大树，延伸出许多小巷，青砖上布满了陈年的青苔。下雨天，若不注意踩到松了的砖头上，就会有积水从砖头下溅出来，钻到你的鞋里，让脚板难受老半天。被污水击中的伙伴们尖叫着扑过来，然后互相扭成一团，看谁用脚踩砖头最厉害。疯玩中的我们，谁也没去想回家后母亲手中高举的板子。

小时候，家里用的水都是挑水夫去河里挑回来送到家里的，然后母亲往水缸里撒些明矾，搅拌后待水澄清就可食用了。我家住的巷子，名叫安居巷，很切合国人安居乐业的心理。拐过这条巷子，再经过一座小石桥，就可以看见一条大河。河面上架着一座老式石拱桥，将不大的城分成南北两部分。城南有农民种的大片土地，有电厂、烈士墓，还有乱坟岗。河面上，整日有"突突"的机船行驶。我常蹲在河边，凝视着水面的波纹，时间久了，竟出现幻觉，觉得自己真的坐在船上，水在往后退。有一年冬天，我和表哥在河边玩时就有了这种幻觉，却不料一头栽进了水里。不知是如何被人救上来的，只记得我在母亲的怀里，浑身湿漉漉的。那次父母怕了，严厉警告我不许再去河边玩耍，所以直到现在，我也不会游泳。

有部电影叫《摇啊摇，摇到外婆桥》，我呢，则是走啊走，走到外婆桥。印象中，每每回外婆家，总是月亮上树梢的时分。去外婆家需沿着大河向西，中途经过两座石桥。石桥都是拱形的，仿佛有年头了，桥缝中长满了乱乱的蓬草，有时它们柔软的身子还会斜到桥面上。沿路的老房子临河而建，门前有石阶通到水里，家家都是木板小门，窄窄的过道后面别有洞天。小时候的我极不安分，走着走着就会停下脚步，总想探头看看那些人家的天井里是啥样。这时母亲就会对我瞪眼，拽着我直往前飞奔。到了外婆家，我上气不接下气地直喘。外婆心疼她最爱的外孙女，毫不理会母亲的辩解，对着她劈头盖脸就是一通骂。那一刻，凶神恶煞的母亲变得唯唯诺诺。我非常解气，落井下石地凑到外婆身后嘀咕道：外婆啊，你最好拿笤帚揍她的屁股！可外婆却不接我的话头，去做她要做的事情了。我只好翻翻眼睛，扭身出门找伙伴们玩去了。

小时候，我身子弱，父母听说练武术可以强身健体，便送了我去。每天放学后，我都要背着书包到体育场集中，直到月亮照着回家的路，小学五年，我在武术队里就混了四年，那些锃亮的铁器让一个小姑娘变成了野小子。如果哪天教练有事外出，放学回家后，我就将书包一扔，和巷子里的男孩子操起刀、枪、三节棍疯玩，在一旁观看的父亲便会用宠爱的口吻告诉邻居：我家这个疯丫头啊，真不枉了姓孙，不知是孙猴子的多少代孙哩。

想不到，在成长的路上，走着走着，我竟迷上了方格纸，性情也越来越淑女。父母喜在脸上，却不动声色。记忆最深的，是放学后我在巷口的拐弯处，听到母亲对邻居说我真的像个大姑娘了，然后又听见母亲压低了嗓子说，我家丫头写的文章上报纸啦。在邻居的啧啧声中，我想象得出母亲的满脸灿烂，而更多的也许是骄傲。仰起头，一轮明月正高高地挂在邻家的竹梢上，轻风拂过，空气中弥漫着竹叶的清香。从此，每个晚上，由邻居家到我家的长长巷道中，便有了淡淡的光及轻盈的身影。

避开前些天走过的路，我们围着城的南面逛了一圈。路的两边也种植了各式树木，却无一点儿气势，更别谈华盖的树冠了。凭着记忆，我告诉老公从前这儿是什么地段，那儿又是哪条巷子。老公不解我为何重提旧事，只见他将两手在空中一挥，大声说：生活是要向前看的，现在的路面多么坚固多么宽敞多么笔直，哪像以前我在乡下那高低不平的泥泞土路。于是我只好沉默，不再对着他喋喋不休。

回家的路上，我在老公的耳边念起李白的一首诗："暮从碧山下，山月随人归。却顾所来径，苍苍横翠微……"山月无法随人归，月亮却能随人而行。低吟中，我和老公十指相扣，踏着月色铺就的水泥路面，再摸黑踏过86级楼梯，打开了我们位于五楼的家门。

坚硬如水

莫名地，一种突如其来的黑暗袭击了我，虽然是初秋，阳光依旧很灿烂，楼下的邻居们还是短袖短裤，但我却觉得冷、冷、冷。

这样的感觉由来已久，忧伤如小蛇，缓缓地在我紧绷的皮肤上游走。那些过往的名字、笑容、旅途、地名、文字，我离它们是那么的远，我如何才能抵达它们？没有人给我答案。我也不需要。是的，我不需要。

曾经，喜欢闭着眼做白日梦，却总是有沮丧的情绪闯入梦境。它们是那样深不可测，让我窒息，不能自已。有段时间，我竟依赖上了它们。那是怎样的愉悦啊！我甚至愿意双目就这样闭合，如一朵永不开放的花苞。

喜欢黑夜，喜欢在很深的夜晚，静静地坐在电脑前，任一朵又一朵花瓣穿透指尖，诡异且凄凉。这个时候，总能看到一些背影，听到一些温暖的话，但那是大屏上别人的爱。

有时候，会忽然间变得脆弱，需要他们给我安慰，可是他们离开了。我只有再次坠入黑暗，如水边的那喀索斯，来自水回到水，走进死亡回到生命。

她仰卧望不过的
水
平
线
二月的梨花浪除了银色的喧哗在涨

岸和眼睛都已沉没
美的死亡线

——《简狄》

  我渴望自己能达到这样的心境，但是也清楚地知道，不可能抵达的。
  很长一段时间，我给自己筑了一道心墙，吝啬得不让一丝风闯进。那时总以为，一切都淡而远，犹如墓地上的石碑，遥远而亲切，也许只有死亡才是永恒的象征。我喜欢寺院，喜欢低眉捻珠的师父，喜欢听悠悠的梵音。我的灵魂需要跟着一种声音走，而宗教是最后的老师，能直抵内心。
  有时候，我认为一切都是虚幻，每天行走在这座临海的小城中，与许多相识的不相识的人点头致意，脸上挂着笑容，内心却一片孤寂。我如城市上空的麻雀，不仅要为温饱而东奔西走历经磨难，还要时时刻刻提防着某些人对我的伤害。
  哪里才是麻雀的天堂呢？
  "我希望能够远走，逃离我的所知，逃离我的所有，逃离我的所爱。"但是我做不到，而我的诗，能让我时常处于梦幻中。它们轻摇于风中，以它们的血肉将我缚住。诗，来自我的血液，已成长为我生命的一部分。它们幸福着我的幸福，忧伤着我的忧伤。

"天上的流云，是梦中的投影，正在逐渐散去，风在追悼它。新年已临，愿尔思想中永不有梦来，因为梦是魔，是幻，它会引诱你而扼杀你的快乐。"

在家整理书橱，从一本书里翻出这张泛黄的明信片，那时正是诗歌风靡全国的时候。想来距今已有十几年了。而当初给我寄明信片的女友，也早已随老公去了深圳。久失音信的她，在他乡还好吗？是否还像从前一样写诗？

内心忽然有雨声滴答，眼眶就热了起来。

这世上有三种东西，是上苍派来帮现世的人们的，那就是：自然、艺术、朋友。

一道光闪过之后，我看见我一直视为生命的某些东西，事实上却是一片荒原。

在我的内心深处，始终认为人都是自私的，没有谁愿意无条件地陪伴在你身边。直到今年春节。

春节跟随旅游团去浙江、福建旅游。共有三家人，以及我和一个刚读大一的女生。一路上，那三家人总是各自为政，于是我只好和女孩组成一个临时家庭互相照应。白天还好，晚上女孩独自戴着耳机听MP3，远离家人的我，只好独自对着天花板发呆。却不曾料到，有电话响起。原来是远在千里之外的友人。

他说他常出去写生，知道一个人被黑夜包围的时候最想找人说话。我有些不忍，说挂了吧。他说电话费算什么，没有比友谊更值钱的东西了。他要我每到一个地方，将房间的电话用短信发给他，然后由他打过来，因为在外旅游，用手机打电话有漫游费。那一刻，我感动于他的爱心和细心，两眼莫名地潮湿起来。

因为懂得，所以才会慈悲啊！

当我回来后，他却从我的生活中低姿态地隐遁了。

现在回想起来，仍觉得是一场梦。但我坚硬的心，从此变得柔软，相信世上有不求回报的真情存在。

我就这样跟着我的心走，直到在某网站遇见一个人。

女友说，女人唯独不能染指爱情，其他什么都可以。那是一种看不见的伤害，会在暗夜里，刀子一般，一寸一寸割开你的肌肤。什么都可以相信，就是不要相信已婚男人的爱情。那是风中的承诺，风一吹就散了。

明知她说得对，我却仍一意孤行。

日子深处，有些誓言已被我们打破，有些歌谣仍执着地来临。

坚硬的心，在他漂亮的文字面前，成了一汪水，柔软、无形、无骨。

> 隔水相望的两座城市
> 有多少雨水
> 就有多少嫁妆

我感受到这一点时，灿烂的秋阳正透过蓝玻一点一点地倾泻在木地板上，多像我柔软的心音啊！

天堂鸟

天堂鸟真是花如其名，每株花朵都像是有只彩鸟停驻枝头般艳丽动人。第一次看到它时，我惊异于它动人的传闻。据说英皇乔治三世美丽的王妃施翠莉西亚一生浪漫多情，生前还许愿来世化为一只天堂鸟。她死后，人们便以她的芳名作为天堂鸟花的属名。在原产地南非，天堂鸟被认为是一种能招来吉祥彩鸟的美丽花卉。而在东方，天堂鸟则有另外两种不同的名称：一是"鹤望兰"，因其花形像极了鹄立的长颈仙鹤；二是颇有佛家意境的"极乐鸟花"，因为人们相信有极乐鸟生长的地方，便有极乐的净土，而净土的具体象征便是极乐鸟花。

仰望着风韵楚楚、明丽动人的天堂鸟，我不禁想起蒙古族歌手腾格尔演唱的《天堂》《黑骏马》等歌曲。那独特的音质和缥缈如云的歌声总是让我难以释怀。腾格尔的歌，会让你觉得那不是唱，而是用生命在呐喊，呐喊人性的温暖，呐喊淳朴的爱情，呐喊曾经拥有而现在正渐渐远去的美的至境。那是腾格尔心中的天堂啊！

而19世纪的英国画家瓦茨，则用画布诠释了他心中的天堂——当你有一天发现天堂的时候，你就会觉得天地的广阔和博大，你就会找到你自己丢失的灵魂。所以，他笔下的希望之神虽然满身创伤，衣裳破旧，手里的七弦琴也只剩下一根弦，她的双目却闪耀着光芒，对世界充满了信心和希望。这是怎样的一种追求精神！

　　细细想来，当天堂鸟那柔软如唇的花瓣在晨雾中缓缓舒展，每片橙色的花萼便都有了一个清灵的梦想。晨曦中，它们修长地鹄立在群花之中，没有凄美与哀愁，有的只是为向往至美的境界而舒展生命，继而开放，那执着的精神至今想来仍令我为之震撼。

　　相信每个人的心灵枝头上都栖息着一座美丽的天堂和一块极乐的净土，只不知，在这物欲横流、五光十色的信息时代，我们对它们是否还能触手可及，并坚守如初。

把花朵开在脸上

  小区里有一对卖水果的父子。父亲沉默寡言,待人接物比较木讷。儿子有十二三岁,浑身脏兮兮的,给人一种傻乎乎的感觉,但一张嘴却不饶人,谁要是惹火了他,他能跟在你后面骂咧咧地直到你进单元的楼道。因此,没人喜欢他。我常看见他独自站在墙角,满眼羡慕地看着那些玩得抱成团的孩子。那时,他的脸上写满了落寞和沧桑。

  一天,我在老虎灶打水时遇到小男孩。其时,他正扎在大人堆中,时不时地插队,惹得众人皱着眉,说哪来的野孩子啊,真是有娘养没娘教。我暗暗地摇了摇头。小男孩的眼中噙满泪水,满脸的抗拒和愤怒。我不忍,忙说好了好了,他还是个孩子。小男孩回头盯着我,却不说话,于是我也静静地看着他,并对他微笑。就这样对峙了足有一分钟,小男孩的脸部表情慢慢地变得柔和、平静,不声不响地从队伍的第二个站到了队尾的我的前面。

  打好水后,小男孩没有走。烧水的师傅说,走啊走啊,不要挡道知道不?小男孩白了他一眼,破天荒地没吱声。

当我将茶瓶放到搁板上准备打水时,小男孩突然冲上来,迅速将瓶塞取下,说,阿姨你站一边去吧,由我来好啦。他还提醒我站远点,千万不要被开水烫着。那熟练的动作和小大人的话让我既开心又难过。

分手时,我揉了揉他乱乱的头发,说谢谢,你真是个不错的小伙子。小男孩紧闭的嘴角慢慢地咧开了,有花瓣在他小小的脸庞渐次舒展。

走出好远,小男孩还站在原地,见我回头,小男孩将手伸到嘴边,一个劲儿地朝我飞吻,黄昏的余晖罩着他瘦弱的身子,那瞬间绽放的光芒令我怦然心动。我第一次发觉小男孩长得蛮可爱的。

人生中有很多偶然,也许你不经意的一个微笑,或一句温暖的话语,就会让对方改变看世界的眼光。那么,请不要轻易放弃上帝赋予你的这份神力。

把花朵开在脸上吧!那么,每一个生命便会饱满、丰润和微光闪烁,你会发现,世上的孩子都是天使,不管是聪明的还是傻乎乎的!

拥抱

整个上午,我的眼睛都是湿润的,一颗心也涨得满满的。我想到了两个字:洁净。是的,洁净,除了这两个字,我想不出还有什么字比它们更妥帖。

一切缘于高建群的《拥抱青藏线——穿上我最美丽的衣裳》这篇文章。

可可养路段,是青藏铁路最艰苦的一截路段,位于大沙漠上。春节即将来临,兰州铁路局李局长带队去慰问,女记者李向红也随同前往。

李局长问养路工:"你们有什么困难没有?有的话,讲给我听!"

会议室里的养路工说:"局长,我们只有一个困难,就是想要老婆!"

这时,一个年轻的养路工悄悄地凑到李局长耳边说了几句话,说他想拥抱李向红,轻轻地拥抱。

年轻的养路工在最艰险的一个道班工作,每天看着火车从自己的身前轰轰烈烈开过去,他只能隔着窗子向里面望。

李向红抹了一把眼泪,然后对局长说她去宿舍收拾收拾就来。

读到这儿,我仰起头,使劲地眨了眨眼睛,心,仿佛被谁用针猛刺了一下。

是的，此景此情，每一个女人，哪怕再矫揉造作的女人，都会答应的吧！

李向红坐在镜子前，细细地化好妆，头上再扎一条鲜艳的红纱巾。为显出女子的腰身，她只穿了一身牛仔衣，把黄大衣和棉袄都脱了，而此刻的气温是零下三十多度。

李向红就以这样的装束回到了会议室，然后大方地让年轻的养路工上台来。

面对有些犹豫的养路工，李向红说，你是男人，男人得主动点。

台下响起雷鸣般的掌声。许多养路工一边抹眼睛一边鼓掌。而眼泪流得最多的，竟是平日老成持重的李局长。

让我终于流下噙在眼中泪水的，是李局长当场宣布李向红为兰州铁路局的名誉职工，以及当李向红离开后，会议室发出的一阵又一阵骚动和欢呼，原来是那群养路工又去拥抱那位年轻的养路工。

读到这里，我仿佛触摸到了西部的阳光，它是那么纯净、温暖、单纯！

这样的拥抱，是怀揣洁净之心的拥抱，是生命与生命之间一种最真诚的沟通。

这是怎样的一种智慧，怎样的一种能力，怎样的一份美好人性！

想想，这个世界有太多暗淡的时刻，我们无可逃脱地感受到都市加剧了感情的淡漠，几乎所有的人都在索取爱，却忘了自己首先要付出。

爱的升华，实际上比经历爱更能清楚地照亮爱的表象。

纪伯伦说："撒下一粒种子，大地会给你一朵花。"

如果我们能守着宁静而富丽的灵魂，怀揣洁净的心行走，穿上我们最美丽的衣裳，用我们并不卑微的爱心轻轻地吹响他人的梦幻，且同时得到他人与自然爱的回馈，那么，我想，这样的人生，会更有意义，我更会好好地把握！

指尖微凉

不知道从什么时候开始,我热衷于游离在网络文字之中。对于这个我生活了三十多年的城市,我发觉我有想逃的欲望。那些花儿那些草儿,那些街道那些场景,那些相识的不相识的,我都想远离,远离我的爱我的怨我的恨。而那些黑夜、那些文字、那些表情,则是我努力想靠近的,我穷尽一生都舍不得丢弃,虽然我会痛我会疼我会伤心。有一段时间,我发觉我可能是爱上了疼、爱上了痛,正如有人爱上爱情一样。爱上爱情的人,大抵都有一个心结,可他们还是乐此不疲、不可救药地爱了,哪怕被伤得体无完肤,也在所不惜。

如果,你在此刻推开我的门,一定会看到我的电脑开着,音箱里则放着我熟悉的莎拉·布莱曼的《斯卡布罗集市》。如泣如诉的音乐幽幽地弥漫着,仿佛从岁月的深处传来。曾经想过永远不再听它了,却做不到,我的眼睛会告诉你,我的目光正追随着乐声阅读远处的风景,谁也不能让我停下,谁也不能打断暮色中飞翔的思绪。

我在网络中行走着。读过许许多多的美文,也由此接触到美文的作者。他们大多是文人合一，令我敬佩敬重。通过阅读，我触摸到他们的内心他们的梦想他们的人格。每每进行诗文唱和，总是惊异于他们敏捷的回应和奇文妙论。我们以一种平凡的方式解读对方的心灵，痴迷于文字营造的意境，把文字作为舞台，作为心灵的皈依。流连于若干个文学网站，我仿佛穿梭于一条又一条明丽的河流，我的眼睛随着两岸的风景渐渐步入初夏，到处都是金黄色的麦子啊，只一个姿势，月光就弯下了腰。

我喜欢在午夜抚摸满屏的文字，它们以一种透明的方式在我的内心深处延伸，又如黑夜下的星光，引领我一路前行。两岸的风吹起我乱乱的长发，随时可以采撷到盛开的花朵。我的世俗的情感被我微凉的十指遗弃，对我来说，将苦涩的回忆转化为键盘上的文字，也许可以抚慰那些曾经的伤痛。一些人远去，一些城市远去，却都没有走远，就那么静静地伫立着，离散或者重逢，爱一次或者渴望一次。我是个哑巴，又如水中的鱼，我的眼泪星空看不见，暧昧的神态在夜色下闪闪发光，没有人能够抵达或者触摸。

我把手指移开，看到了一些隔屏相爱的人在网上要死要活，不断地发出各种痛苦回忆呼唤的文字，进入那个阶段的没有几个心里不流血的。这样的爱，已是一种扭曲的爱了，因为爱情是需要在一起的。可是又有几人能在网下做得到？即使有，又能厮守多久呢？没有人能给我答案，也许根本就没有答案。正如艾略特所说的那样："而你所在的地方，也正是你所不在的地方。"

有一些事情必须让风吹散，我们将在适当的时候离开我们自己。怀念或者悼念，已不重要，我们是沼泽，激情在此之间已无影无踪。我已不是我，你也早已不是你。我们就像午夜吐蕊的花，拒绝溺死在自己的香气里。

音乐在午夜滑下最后一个阶梯，穿过窗棂的风也早已止息。一切都将井然有序。浸在网络文字中，我的十指微凉，迷失或者永无尽头。

我的头顶，充满了纯洁的银色的星光。无论是欢乐或者悲伤，我都要到那里去。

四季及一些词语片段

[四季]

一

短短的一个月，半亩花园充溢奇香芳踪。

连翘笑了，桃花灿了，樱花漫了，郁金香也已睡醒举起酒杯……

这些温馨的花香啊，熏得我泪满眼眶。多想牵了你的手，从春天出发。

可我什么都看不见，我不知道你要走哪一条路。是手持迷迭香，在斯卡布罗集市上张望，还是穿过分岔的小径花园，如同遥远的歌声，在我茅草的屋檐下栖息？

倦鸟已归林，我却还在半亩花园的小径上，等待，流连。

是的，面对暗的夜，我不敢将垂落的花瓣合上，只怕你梦一般地走过。

我的朋友！

二

海子说：远方除了遥远一无所有。

还听过这样一句话：所有的风景都在远方。

迷上了远方，向往看更多的风景，那些空旷、寥落的城市边缘，那些疼那些痛，都与爱情无关。

秋天的风，最终停在了哪里？

花落，那就落了，不要再去翻弄，让它们在大地的怀抱，安静地睡去吧！

只要记得它们曾经开过，在春天的枝头。

三

入秋后的雨，赶趟儿似的，一场紧似一场。此刻，天空又淅淅沥沥，坐在电脑前，我裸露着的肌肤觉察出很深的凉意，却不愿披件外套。这样的凉，透骨，虽然有些不好受，但我喜欢。

有时候，痛感未必是坏事。

就仿佛，深入岁月内部，打捞一些陈年旧事，或欢乐或悲伤或兴奋或忧郁，无论结果如何，我们经历过了，生命的根，也因此越扎越深。

有些事，是要穷尽一生才能完成的，但更多的时候，则是任你怎样努力也无法完成。

就像一座城市，就像一些人，永远在那儿，就是抵达不了。你只能眼睁睁地看着，任他们从你的手心悄然滑落。

四处飘散的轻烟中，是你无法言说的思念、牵挂。

这不能不说是有限生命中的一种遗憾！

博尔赫斯说："因为出色，所以无法停止。"

我说，因为爱你，所以无法停止。

四

一些深藏的恐惧在这个灿烂的午后,在我穿过小城最繁华的十字路口时,突然以不可遏制的姿势呈现在我的眼前。

是秋天了,真正的中秋。一些早黄的叶子在风中轻轻招摇,温暖的阳光洒在上面,似一段凝固的爱恋时光。

叶子与光,也有爱情吗?

手插在风衣口袋中,悠闲地晃荡在喧嚣的街头,看五颜六色的车辆疾驰远去,与不相识的面孔擦肩而过。这样的日子,随时可以停留,随时可以倏忽。

就像街角的音像店,突然飘出大段大段熟悉的旋律。伴随其中的,是化为灰烬也记得住的一些文字。以为它们早已消失,它们却如春天的野草,得了阳光,便一味地往高处疯长。

不可否认,我是个怀旧的人,若陷入某件事中,往往不能自拔。明知这种状态会抽丝剥茧要了老命,仍是自甘堕落沉迷不醒。

生活,我所爱。但又克制着内心的欲望。

享受过程,害怕结局。

很多时候,我们逃避爱。更多的时候,我们从不说爱。

每个错都指向对,每个迷失都指向找到。

只是,对与找到,这两个终极动词,是不是每个人都能正确拥有?

此刻,坐在电脑前,任过往虚拟成一片盛开的罂粟,温暖我冰冷的指尖。

无人惋惜。无人替代。

那份痛，仅仅是你自以为是。

而尘世之人，依然得意、快乐地行走在阳光下。

生活是生命的过程，无论本源与结果的贵贱，价值始终在于过程。

这样，也很好！

五

这些日子，天一直晴朗，暖暖的冬阳让人感觉不到寒风的刺骨。

吃完中饭，习惯性地打开电脑，在婉转的音乐声中敲上几个字。

这个时刻，总有一些事物或人，隔纸、隔窗、隔屏，让我怀想。内心的愿望，在冬阳下开成朵朵花瓣，落在我的书桌上，以及我着绿色棉袄的身上。

记忆中，绿总是与红搭配，除了俗世的美外，还给人一种惊艳之感，无论在哪个场合，都能吸引男人与女人的眼球。

想起一首古词来："君泪盈，妾泪盈，罗带同心结未成。江头潮已平。"

想来，这个悲伤的女子，一定是着红衣、绿裤，或蓝、青裙，怀抱一琵琶，轻吟间，眉宇的忧伤就化成旋律，在暗淡的灯光下，裹着离别的愁。

红与绿，自有喜悦的味道，但若配蓝、青裙，于清淡的色彩中，可能更相得益彰吧！

又想起一些红绿相间的古词来：

"红了樱桃，绿了芭蕉"；

"知否？知否？应是绿肥红瘦"；

"绿杨烟外晓寒轻，红杏枝头春意闹"；

"绿杯红袖趁重阳，人情似故乡"；

……

思念，原是不要太多尘缘的。只一个红绿，便道尽了热的情、希的冀。

而散入湖烟的忧伤，恰如青色的裙，不动声色地弥漫着，令你在午夜，满掌的痛，却无法喊出。

那一刻，她知道，内心，有些事，一直都在的，从不曾离开。

没什么可伤心的。

况且，春天，就活在下一页。

那么，把冬天，翻过去，就是了。

[文字]

六

文字给予我的那份快乐、自信，是谁也无法与之抗衡的，亦如一份美好的感情，是无可替代的。

从此，我投奔了你，我的爱情和未来。我会用我所有的时间来陪伴你，你的骄傲、自尊必将因了我而更加强大，你是我的情人、我的爱人、我身体的一部分，我呢，就做你今生今世的肋骨，好吗？

《圣经》中说：

二人同睡，就都暖和；
一人独睡，怎能暖和呢？

是的，二人同爱，就都幸福，一人独爱，怎能幸福？

我伸出手直抵你的指尖，你握住吧，不要丢掉了，哪怕一路有荆棘也不要丢啊！我要让发光的沙变为水池，干渴之地变为泉源，我们所到之处，必会有青草、芦苇和蒲草。

七

最近在整理一些文字，很慢很慢。

面对那些凝固的汉字，脑海中不时冒出"旧时光阴"这个词语。

是斑驳的古城墙飘下的一粒尘屑，还是夕阳余晖下反射的一滴水珠？

一直躲避着，不敢打开，仿佛面对的是潘多拉的盒子。

其实不管如何，我都知道，这些烟花般的精神光焰，永远都不会死掉。而且，在岁月的长河中，它们还永远拥有一份权力，凌驾于我的记忆之上。

凯尔泰斯说："只管往前走，永远别回头，死亡就在前边——看啦，你是自由的。"

直到无法承受，倒下，死去。

八

加缪说："要记下所想到的一切。"

是的，要说的话太多，要写的字太多，要去的地方也太多。

却都如：一切都是诗，一切又都如石头样无言以对。

九

记不清从何时起，开始把自己的文章一篇篇贴到博客上，虽然知道在网络上贴文不安全，那些文抄公遍地开花、防不胜防，但总不能因噎废食，对吧？

喜欢在夜深人静时进入自己的"后花园"，让一些心事从指间流淌，这时的我，穿着家常睡衣，伴着一盏橘黄色的台灯，那些击碎夜之梦的文字啊，如黑夜中盛开的满天星，温暖着我的十指，似水流年的，是盈盈浅笑时，伤怀的美丽。

提高现代文阅读和写作成绩的金钥匙

孙蕙作品
现代文阅读试题详解

天堂鸟

　　天堂鸟真是花如其名,每株花朵都像是有只彩鸟停驻枝头般艳丽动人。第一次看到它时,我惊异于它动人的传闻。据说英皇乔治三世美丽的王妃施翠莉西亚一生浪漫多情,生前还许愿来世化为一只天堂鸟。她死后,人们便以她的芳名作为天堂鸟花的属名。在原产地南非,天堂鸟被认为是一种能招来吉祥彩鸟的美丽花卉。而在东方,天堂鸟则有另外两种不同的名称:一是"鹤望兰",因其花形像极了鹄立的长颈仙鹤;二是颇有佛家意境的"极乐鸟花",因为人们相信有极乐鸟生长的地方,便有极乐的净土,而净土的具体象征便是极乐鸟花。

　　仰望着风韵楚楚、明丽动人的天堂鸟,我不禁想起蒙古族歌手腾格尔演唱的《天堂》《黑骏马》等歌曲。那独特的音质和缥缈如云的歌声总是让我难以释怀。腾格尔的歌，会让你觉得那不是唱，而是用生命在呐喊。呐喊人性的温暖，呐喊淳朴的爱情，呐喊曾经拥有而现在正渐渐远去的美的至境。那是腾格尔心中的天堂啊！

而19世纪的英国画家瓦茨，则用画布诠释了他心中的天堂——当你有一天发现天堂的时候，你就会觉得天地的广阔和博大，你就会找到你自己丢失的灵魂。所以，他笔下的希望之神虽然满身创伤，衣裳破旧，手里的七弦琴也只剩下一根弦，她的双目却闪耀着光芒，对世界充满了信心和希望。这是怎样的一种追求精神！

细细想来，当天堂鸟那柔软如唇的花瓣在晨雾中缓缓舒展，每片橙色的花萼便都有了一个清灵的梦想。晨曦中，它们修长地鹄立在群花之中，没有凄美与哀愁，有的只是为向往至美的境界而舒展生命，继而开放，那执着的精神至今想来仍令我为之震撼。

相信每个人的心灵枝头上都栖息着一座美丽的天堂和一块极乐的净土。只不知，在这物欲横流、五光十色的信息时代，我们对此是否还能触手可及，并坚守如初。

1. 说说"天堂鸟"的象征意义。
2. 文章第一段内容有什么特色？该段在全文中的作用是什么？
3. 文章描写的对象是天堂鸟，介绍腾格尔、瓦茨的用意在哪里？
4. 说说文章最后一段的含义。

参考答案：

1．①象征吉祥幸福的生活；②象征着不畏困难的执着精神；③是信心与希望的代表。

2．特色：列举东西方对天堂鸟不同的命名及由来，以神话传说的形式介绍天堂鸟。

作用：在内容上，以神话形式介绍天堂鸟，突出了天堂鸟的美丽、浪漫、欢乐、吉祥等特征；在结构上，增强了天堂鸟的神话色彩，吸引读者阅读；总领全文，引出下文作者欣赏天堂鸟时的感受。

3．腾格尔的歌是用生命在呐喊，渴望人性的温暖、质朴的爱情、美的至境，他的歌是腾格尔心中的天堂；画家瓦茨用画布诠释他心中的天堂，对世界充满信心和希望；这些都与天堂鸟执着的精神相呼应，丰富了文章内容，增强了文章的感染力和说服力，突出了文章主题。

4．①每个人的心里都有美丽的天堂和净土；②作者呼吁人们在物欲横流、五光十色的信息时代坚守初心。

把花朵开在脸上

小区里有一对卖水果的父子。父亲沉默寡言，待人接物比较木讷。儿子有十二三岁，浑身脏兮兮的，给人一种傻乎乎的感觉，但一张嘴却不饶人。谁要是惹火了他，他能跟在你后面骂咧咧地直到你进单元的楼道。因此，没人喜欢他。我常看见他独自站在墙角，满眼羡慕地看着那些玩得抱成团的孩子。这时他的脸，是落寞和沧桑的。

一天，我在老虎灶打水时遇到小男孩。他正扎在大人堆中，时不时地插队，惹得众人皱着眉，说哪来的野孩子啊，真是有娘养没娘教。我暗暗地摇了摇头。小男孩的眼中噙满泪水，满脸的抗拒和愤怒。我不忍，忙说，好了好了，他还是个孩子。小男孩回头盯着我，却不说话，于是我也静静地看着他，并对他微笑。就这样对峙了足有一分钟，小男孩的脸部表情慢慢地变得柔和、平静，不声不响地从队伍的第二个站到了队尾的我的前面。

打好水后，小男孩没有走。烧水的师傅说，走啊走啊，不要挡道知道不？小男孩白了他一眼，破天荒地没吱声。

当我将茶瓶放到搁板上准备打水时，小男孩突然冲上来，迅速将瓶塞取下，说阿姨你站一边去吧，由我来好啦，还提醒我站远点，千万不要被开水烫着。那熟练的动作和小大人的话让我既开心又难过。

分手时，我揉了揉他乱乱的头发，说谢谢，你真是个不错的小伙子。小男孩紧闭的嘴角慢慢地咧开了，有花瓣在他小小的脸庞渐次舒展。

走出好远，小男孩还站在原地，见我回头，小男孩将手伸到嘴边，一个劲儿地朝我飞吻，黄昏的余晖罩着他瘦弱的身子，那瞬间绽放的光芒令我怦然心动。我第一次发觉小男孩长得蛮可爱的。

人生中有很多偶然，也许你不经意的一个微笑，或一句温暖的话语，就会让对方改变看世界的眼光。那么，请不要轻易放弃上帝赋予你的这份神力。

把花朵开在脸上吧。那么，每一个生命便会饱满、丰润和微光闪烁，你会发现，世上的孩子都是天使，不管是聪明的还是傻乎乎的！

1. 结合全文，说说文章题目的含义。
2. 分析文章中小男孩的形象。
3. 以"人生中有很多偶然，也许你不经意的一个微笑"为开头写一段话。

参考答案：

1. 运用比喻，表面上是指"我"面对小男孩时脸上的微笑和小男孩对"我"的微笑，实际上也指面对孩子犯错时的友善与包容，面对他人帮助时的感恩与回报。

2. 脾气暴躁：谁惹了他，他会一直骂人家。

孤单寂寞：羡慕别的孩子在一起玩。

知错就改：当"我"替他说话并对他微笑时，他变得平静并且不再插队。

懂得感恩：帮"我"打水，对"我"微笑。

（写出两点即可）

3. 人生中有很多偶然，也许你不经意的一个微笑，便胜过千万句抱怨不满，甚至能给陌生人带来莫大的鼓励和帮助。既然如此，我们为什么不用微笑，将这份美好传递给周围的人呢？（言之有理即可）

另起一行

生活,没有永远的纯粹。而做一个真性情的人,未必能如愿。

我是个跟着感觉走的人,喜欢过随心所欲的日子,对于强加到我身上的绳索,总有想打破的冲动。不喜欢被束缚,不喜欢被人控制,当事物达到极致时,喜欢另起一行,此刻的我,便会如处子般,安静地斜倚在墙角,看生命如一树的花,蓬蓬地开着、张扬着。

只是,太多的失望与沧桑充塞内心。漫漫人生路,你无法预测到下一刻的命运何去何从。要做个如海子所说的"从明天起,做一个幸福的人",确是奢侈的。纵使有那么多的人向往之,世人,绝大部分是无法抵达这一境界的,一如他的"面朝大海,春暖花开",永远是红尘之人的愿望天堂。

毕淑敏说过一句话,大意是这样的:我们在预报的那场暴风雨来临之前关紧门窗、惴惴不安,却辜负了冰冷如银的月光。

当我们囿于某种固定思维时,内心便会长满老茧,再也感觉不到生命路的两旁,清香四溢的小小花骨朵。倘若关闭这道门,打开一扇窗,换一种思维方式,或许会有另一番桃源景象,那么我们的遗憾,就不会如流水般不断制造了。

南阳台的晾衣架上,吊着一只粉色风铃。风铃由四根钢管组成,周围垂挂着的是11个塑料心形丘比特之箭。或许是太薄的缘故,整个冬天,风铃如入定老僧,无一丝清渺的回音。那些可以触摸的旋律，也就在这静穆中，意味深长地流逝下去。

看书或写作累了，我总爱踱步到南阳台，让目光轻抚风铃，想，它怎么可以如此安宁呢？我要它动起来。

于是，我对着风铃吹气，横空的声音，便随着夜色，叮叮当当。这时的风，是流动的，温暖的。

随愿，随性，随缘，便是活着的本真吧？

生命是种出人意料的奇遇，置身其中，有些事，无从抵达，不如打破；与其自怜，不如自爱，与其耗损，不如另起一行。

而我所要的，不外是：文字的光芒、沉默的思索、自由的行走、温馨的爱情，以及触手可及的、暖暖的友谊。

那么，就将梦想紧握手中，我要让它们宛如阳光，闪烁、明亮，射进干涸的水中央。

1. "另起一行"在文章中的含义是什么？
2. 赏析文中这段话："当我们囿于某种固定思维时，内心便会长满老茧，再也感觉不到生命路的两旁，清香四溢的小小花骨朵。倘若关闭这道门，打开一扇窗，换一种思维方式，或许会有另一番桃源景象，那么我们的遗憾，就不会如流水般不断制造了。"

参考答案：

1. ①以"生活的不纯粹""未必能如愿"引起读者思考，吸引者阅读；②统领全文，引出下文；③暗示主题，启示我们未如愿时，应换一种思维方式。

2. 通过"老茧"比喻，生动形象地写出思维停滞造成的思路不通,无法找到新的出路;再用"桃源景象"比喻,形象地写出换一种思维方式带来的新的出路、新的发展天地。

十二月的北京,去看一个人

近几年,我在许多城市里穿行,不喜繁华市井,偏爱前往幽静、有人文底蕴的景点。我从未想过,有一天,我会把公墓也当作念念不忘的一处景点。不,不能说成景点,这样说有点轻慢了我要去看的那个人。

十二月十五日。北京。最低气温零下六度。这样的气温,对北京市民来说,也许不算很冷,但从南方来的我却感到风似刀子,冰冷,刺骨。只是,当我默念那个人的名字时,便觉有温暖的火苗在胸腔中燃着,令我的血液流得越来越快,想,风再大,气温再低,又算得了什么,什么也抵挡不了我前行的脚步。

天气很好。从天安门广场经过时,抬头看天,蓝蓝的,清亮干净,白云飘浮着,阳光射下来,淡淡的,恰似那个人的文字,"给人间送小温"。长安街上,汽车穿梭,游人如流。金水桥前,我看到一个旅游团,十人左右,藏民打扮,有男有女有老有少,注视城楼的目光都是肃穆的、虔诚的。对他们而言,能零距离地面对天安门,该是多么幸福啊。

按作家苏北先生指引的路线图,乘地铁,坐公交,再打的士,一路西行,终于,西山出现在我的眼前。可是此山却无一点黛色,倒是路两边的树上还残留着零星的绿意。快到射击场时,蓬蓬的野草在寒风中摇曳着、喧哗着，显现出旺盛的生命力。我知道，它们努力向上的体内有一股力量，虽然看不见，我却感觉得到，就像那个人的文字，总是吸引着我，吸引着我等不到春暖花开，坐了一夜的火车，千里迢迢赶过来。

一条路，一座院墙，墙上四个字：福田公墓。往前走，不见一个人影，几排房屋整齐地列着，空中不时传来喜鹊的叫声。听着自己寂寞的脚步声，我的心里并不觉得悲凉，而是有着隐隐的欢喜。继续往前走，一排排林立的墓碑涌过来。却步环顾，发现公墓的最前方立着个大石块，近看，原来是介绍福田公墓的文字。

福田公墓，位于北京市石景山区西黄村乡福田寺村东，始建于1930年，因距离福田寺较近，故取名福田公墓。这里安葬、安放着众多已故的爱国民主人士、著名教育家、科学家、文学家、艺术家、高级知识界人士及部分革命烈士的遗体和骨灰。

放眼望去，墓地有大有小，有奢华有质朴，有雕饰有光洁。这里鲜见苍松翠柏等植物，墓地与墓地之间，栽的是低矮的树木。看那树形，应该是桃树。光秃秃的枝干上不见一片树叶，唯有横向的树枝兀自伸展在天空下。是等待，是期求？是隐藏，是回忆？树注视着我，我注视着树，却是两相无言不着一字。

墓道的两侧，每逢十字路口就有一块立着的牌子，上面标注着名人之墓的位置，以便祭扫的人们寻找。其中有俞平伯、王国维、钱三强、姚雪垠、汪曾祺、康同璧母女，以及余叔岩、杨宝森等。原以为这些名人墓地会十分显眼，很容易就能找到，可我在里面转了多时，也未找到几个。因为它们全都深藏在高高低低的墓群中，不按等级排列，也没有尊卑高低。

著名作家姚雪垠与其夫人的墓地，黑色大理石修建，因位于公墓的路边，最先进入我的视线。伫立片刻，继续向北。在"来"字区的路牌上，我看到这几个字：汪曾祺，现代剧作家。心跳，莫名地就加快了。可是，前后转了几圈，愣是没看见汪老的墓碑。难道先生不欢迎我？难道我谒拜的心不够虔诚？灵魂的入口，为什么就不能对我敞开呢？

　　一瞬间，委屈漫上心头。再想想，先生的文字是散淡的、平实的，他说："我喜欢疏朗清淡的风格，不喜欢繁复浓重的风格，对画，对文学，都如此。"那么，他的墓地也一定是简洁的、不起眼的了。又想起那年在凤凰，为了找寻沈从文的墓地，也是走了远路才找见。汪曾祺是沈从文的弟子，想必也有老师的脾性吧，只不过，一个葬在山上，一个埋在地下。心，便释然了。于是，一个墓碑一个墓碑地挨着看过去。终于，一块大石头出现，上面刻着：

　　高邮　汪曾祺
　　长乐　施松卿

　　先生的墓地很狭小，与前排及左右墓地的距离仅够一人侧身，若是胖子，断断通不过。我想，倘能将先生的墓地迁到家乡高邮，一定会被当地政府修得体体面面的，哪似这般又挤又小。据说曾有人提过这个建议，但先生的儿子却说"他不够格"，不知此话从何讲起。

　　又想起刚看到的一些墓地，逝者名不见经传，只因其家人有钱，墓地占地面积不但大，且造得豪华奢侈，内心很是悲哀。想不到这个极乐世界，也充满了铜臭味。好在，世人心中自有一杆秤,尽管先生的墓地狭窄,他的光芒却是遮盖不住的,任何时候,"心灵的祭拜远胜于物质上的祭拜"。

先生的墓碑前很整洁,不见一朵花一片叶。正面,镌刻着先生及夫人的生卒年月,背面则一片空白。正是午间时分,因前面的碑石比它高,先生的墓碑中间有一团阴影。不过,阴影的四周覆盖着一圈冬阳,令拜谒的人心生暖意。

缓缓地,我对着墓碑拜了几拜,将小花篮恭敬地轻放在碑石上,说:"先生,我来看您了,感谢您的文字指引着我。"是的,每每郁闷,或觉得笔下枯涩,我便会从书橱中翻出先生的书,随便打开一页,看上几行,浮躁的心即刻安静下来,"我们有过各种创伤,但我们今天应该快活",真的呢!

不知站了多久,或许很长,或许很短,冥冥中,我看见先生的手中夹着一支烟,注视着我的双眸闪着狡黠的光芒,接着就有一股气流,裹挟着神奇的力量,穿过墓碑直抵我的掌心。

我明了,我与先生,从此——不再遥远。

1. 结合文章,说说你心目中的汪曾祺。
2. 作者为什么要特意去"看"汪曾祺的墓地?
3. 说说文章结尾一段的含义及作用。

参考答案:

1. ①汪曾祺先生的文章给人温暖,催人向上,文字散淡平实;②他是沈从文的弟子,现代剧作家,喜欢疏朗清淡的风格,不喜欢繁复浓重的风格,对画,对文字,都如此;③先生为人质朴谦逊,生前如此,死后亦如此,墓地很窄,但他的光芒却是遮盖不住的。

2. ①仰慕老先生，想亲自祭拜一下；②感谢汪老的文字在自己郁闷或笔下枯涩之时的指引，使浮躁的心即刻安静下来。

3. 含义：作者因为亲自到墓地祭拜而对汪老先生有了更多的了解，有了一次精神上的交流和沟通。

作用：①照应开头，作者从南方来，冒着严寒特地来拜谒，最后达到了此行的目的。②升华主旨，点明题意。作者自身实现了精神的飞跃，从谒见汪曾祺的墓地到更好地了解这个人。

神丽峡：诗意地绿

绿。满眼的绿。

前，是绿；后，是绿；左，是绿；右，是绿；俯，是绿；仰，仍是绿。走进神丽峡，仿佛置身一片绿色海洋，层层叠叠，漫卷而来；又似进行森林浴，明目，清心，润肺。那些舒卷的草叶，啾啾的鸟鸣，恰似清凉小手，时时抚慰你焦渴的心，将城市的喧哗、生存的压力、心灵的杂念荡涤而去。于是，走着走着，心，便安了，神，便定了。

与绿相映成趣的，是石头，圆润丰满，形态各异，或默立于路边，或浸泡在水中，或形单影只，或抱团成堆。最吸引我的，是一条瀑布上方，十几块石头排成一列，卧在水中供游人涉水而过。我不知它们在这里卧了多少年，但我知道，每一块石头都是有灵性的，它们不会说话，却在维持着大自然的平衡。

是峡便有水，神丽峡最不缺的就是水了，犹如飘带，贴着两侧山峦，发出清脆悦耳的欢乐颤音。溪水，清澈甘冽，纯净清幽，微风吹过，处子般闪着亮光淙淙向前。瀑布，泻落飞溅，激起无数水珠，化作迷蒙水雾，在阳光照耀下，变幻成一道七色彩虹，与青山绿树相辉映，显得格外的绚丽多彩。

而那一座座小木屋，依山傍水，古朴、幽静。那檐下的红灯笼，在丽水湖的映衬下，越发地红艳、娇媚。你会情不自禁地停下脚步，甘愿将疲惫的身子扔进这些木质的清香中，长睡，——不再醒来，那该是一桩多美的事啊！

1. 写景要抓住景物特征，"神丽峡：诗意地绿"，诗意表现在哪些方面？

2. 状物要有一定顺序，作者是如何写神丽峡的？

3. 赏析文中这段文字："是峡便有水，神丽峡最不缺的就是水了，犹如飘带，贴着两侧山峦，发出清脆悦耳的欢乐颤音。溪水，清澈甘冽，纯净清幽，微风吹过，处子般闪着亮光淙淙向前。瀑布，泻落飞溅，激起无数水珠，化作迷蒙水雾，在阳光照耀下，变幻成一道七色彩虹，与青山绿树相辉映，显得格外的绚丽多彩。"

参考答案：

1. ①是一片绿色海洋：前后左右上下皆是绿。②石头与绿相映成趣。③水犹如飘带，发出清脆悦耳的声音，与青山绿树相辉映。④丽水湖映衬下的小木屋，幽静古朴。

2. 按由近及远的顺序。

3. 作者紧紧抓住神丽峡溪水、瀑布的特点，有远观，有近察，恰当运用比喻、拟人的修辞方法进行描写。如：远观溪水，采用比喻、拟人的方法，"犹如飘带，贴着两侧山峦，发出清脆悦耳的欢乐颤音"；远观瀑布，采用比喻的修辞手法，"泻落飞溅，激起无数水珠，化作迷蒙水雾，在阳光照耀下，变幻成一道七色彩虹"。

仙华山：仙女羽化的地方

仙女的一声轻唤，我便千里迢迢远道而来。

跨过镌有"仙华胜境"的山门，眼前现出一个八卦的绿茵广场，路边丛竹清秀，树荫如盖，黄墙红檐的"昭灵宫"巍然屹立在山脚下，其背后的五彩岩石奇秀艳丽、流光溢彩。

沿着东线，我们拾级而上。路两边是葱葱郁郁的树林，日光从叶间漏下，树影婆娑，凉风习习，仿佛进入空灵仙境。一路走来，奇石苍松，错落怪异，山峰多耸峭狭长，壁似剑削。对峙的玉尺峰和玉圭峰，如两把利刃直刺天穹；华柱峰，雄伟如擎天华柱，四面成形；螺祖峰的专注，大钟峰的壮硕，情侣峰的缱绻，笑口常开的憨石，都给我留下了极深的印象。

终于到达第一仙峰——少女峰的脚下。少女峰，海拔720米，峰高而形奇，相传"七仙女"在此下凡、轩辕黄帝少女元修于此修炼得道升天。抬头仰望，山道极险峻，壁岩基本是呈90°直立，要想攀登到峰顶，必须仰仗两边的铁链才行。

时近中午，阳光灿烂，疲惫的我早已是汗流浃背。正在犹豫着是上还是不上之际，耳边传来阵阵击鼓的声音，缥缈悠远，令人为之精神一振。原来，少女峰山顶上有一天鼓，只有攀上去才有资格击鼓。挡不住诱惑，我冲向壁岩，眼睛紧盯着每一块突出的峭壁，手握铁链，低着头，一步一步地朝上攀登。那一刻，我觉得，顺着山势而建的山道成了世界上最缓慢的山道，每个人向上攀升的速度都是缓慢的、庄严的。大地所隐藏的内在语言，便在这份庄严之中，缓缓地敞开在天空下，敞开在世人的眼中。

不知爬了多少级石阶，终于，"一览天宇空"五个大字映入我的眼帘，再往前看，是一面巨大的红色锣鼓，高高地耸立在岩石之上。极目眺望，群山起伏，山道蜿蜒，梯田层层，山谷的轻烟袅袅渺渺，苍松翠柏越发显得锦铺翠叠，而山脚下的浦阳城郭，在云雾升腾缭绕中，缥缈若蓬莱。难怪明代刘伯温有诗云："仙华杰出最怪异，望之如云浮太空。"

站在少女峰山顶上，我想起里尔克的诗："这一切，这些深谷，这些草地和这些流水，都是他的面貌。"而仙华山，虽说少了流水的滋润，但"山不在高，有仙则名"，足矣！

1. 说说文章第三段的表达特色。
2. 文章第四段的传说有什么作用？
3. 请简述全文的行文思路。
4. 结合全文，探究作者的情感去向。

参考答案：

1. ①选取典型景物——树林、奇山怪石等意象，写出了仙华山景色的美丽；②运用比喻、拟人等修辞手法，如"壁似剑削""如两把利刃""如擎天华柱"，生动形象地写出了山的奇形怪状、形态各异，"壮硕""缱绻""笑口"将山石拟人化，写出其不同特点；③作者移步换景，景色的内容随之不同。

2．①丰富文章内容，增强文章的可读性、趣味性，吸引读者阅读；②渲染少女峰的神秘色彩；③交代少女峰名字的由来；④与下文"山道险峻"相呼应，暗示成仙之难。

3．首先运用想象，"仙女的呼唤"说明到仙华山的原因；接着移步换景，从山门出发拾级而上，到达少女峰；然后以山顶鼓声激起攀岩的决心，描写从山脚到山顶的历程以及作者的感悟；最后登上山顶，以里尔克的诗和《陋室铭》中的名句表达对仙华山的赞扬。

4．①对仙华山的赞美和敬畏之情；②对"人生攀登"的尊重和执着。

嵩溪村：别样的清静之地

踏进嵩溪村，我一下子迷失了。仿佛行走在旧时月色，仿佛踩到了散落珠玉，又仿佛徜徉在宋词的意境里，整个身心都被浸泡得绵软温情。

嵩溪村是一座已有八百多年历史的村落，宗祠、戏楼、大殿，青砖、粉墙、黛瓦，残缺的雕花和斑驳的墙壁让人深感时光的魅力。一条七百多米长的山溪穿村而过，村前树影婆娑，远远望去，如同一道绿色的屏障护卫着古村的质朴和安宁。

溪上有桥，桥面与地面相连，桥上是房屋，桥下通畅，人可在其中行走。正是下午，轻浅的阳光射在清澈见底的水面上，几只鹅鸭在溪中欢快地游动着,"嘎嘎"之声如同木门开启的声音,空气中充满了清湿的气味。

过了桥,嵩溪古村就在眼前了。缓步走在由鹅卵石与青石板铺就的小路上,听着鞋底敲击的嘎嗒声,仿佛有洞箫声从远古传来,时隐时现的音乐在砖木结构的古屋檐上缓缓流过。恍惚间,便觉得时间也变得沉静、深厚、斑驳起来。

巷道曲曲折折,幽深狭长,极易迷路。如无当地人引领,外来的游人是难以走出去的。不过,红尘之人,倘能在这样的地方炼性,倒是可以守住真气,调理得好,就很有些神仙的味道了。

老屋大部分都是明清时期的,多为二层木质结构,许是年代久远的缘故,白色的马头墙早已被时光剥蚀成黑白相杂或灰黄色。村子里几乎看不见年轻人,上了年纪的老人也不是太多。古屋的阴影中,有位八十岁开外的老奶奶正在编织竹篮子,见我们不请自进,微笑着与我们打招呼。透过格窗,注视着那古老墙垣上的斜阳,不知老奶奶在编织的过程中,是否也在编织着她从前的老梦。

穿行于一间又一间古朴的宅居,轻触墙角下厚厚的青苔,想,过去的时空里,是否曾有丁香般的姑娘的余光温暖过它,那些柔媚、温情、缠绵的情爱故事是否也在这些古宅中上演过?

老屋默然,只把别样的清静呈现给我,只把平静、冷寂呈现给我。一切都是旧的古老的,一切都活在当下,在现场与我们进行着无声的交流。轻叩一扇又一扇吱呀的木门,像是轻叩久远的历史,轻叩一种寂寞中的美丽。

如果说古镇南浔是民俗,西塘是风月,乌镇是书香,那么嵩溪村必是温婉的幽韵冷香,小家碧玉般,不经意地流淌着。虽然，嵩溪村不想以古名世，但因它流淌出了古意，流淌出了灵气和秀丽，也就有了"小桥、流水、人家"的悠远意境，在历史的氤氲之气中，闪烁出细碎而透明的光泽。

1. 嵩溪村"别样"在哪儿？
2. 说说文章写景的顺序。
3. 赏析文中这段文字："穿行于一间又一间古朴的宅居，轻触墙角下厚厚的青苔，想，过去的时空里，是否曾有丁香般的姑娘的余光温暖过它，那些柔媚、温情、缠绵的情爱故事是否也在这些古宅中上演过？"

参考答案：
1. 它如小家碧玉般，充满了古意、灵气和秀丽。
2. 以作者的游踪为顺序，即移步换景。
3. 作者运用联想的写法，由眼前的宅居、青苔想到从前可能有过的人或事，跨越时空，给读者留下无限想象的空间。

寂寞石牌坊

从安徽歙县回来，印象最深的是牌坊群。

歙县历史悠久，文化遗产极为丰富，明清两代的石牌坊甚多，常常是在青石板小道上走着走着，就会遇到一座牌坊，巨大巍峨，古色古香，每座牌坊都有一个或荡气回肠、或高风亮节、或发人深思的故事,但让我最难忘、最痛心的,却是那些贞节牌坊。听说在歙县一带,现存的80多座牌坊中,贞节牌坊就占了35座。这个数字让人咋舌。而将多座牌坊集于一处,使之构成一个庞大群体的,却只有棠樾。

棠樾位于郑村西北1.5公里,村头保存有一处大型的明清建筑群,计有7座石牌坊、3座祠堂和1座路亭。7座石牌坊纵向跨甬而立,自东北向西南排列为鲍象贤尚书坊、鲍逢昌孝子坊、鲍文渊继妻吴氏节孝坊、乐善好施坊、鲍文龄妻汪氏节孝坊、慈孝里坊、鲍灿孝行坊。骢步亭一座,四角攒尖式,翼角飞翘,灵巧精致,建于清朝乾嘉时期。亭南、北侧有石凳,可供行人休息。7座牌坊耸立在平原上,像7个巨大的石门,两旁十分空阔,全是一方方的水田,牌坊倒映其中,如投下的长长的阴影,煞是壮观。

当我面对逶迤成群的7座牌坊时,不禁深深地吸了口气。看着这幅气势宏伟的景象,震惊的同时,一种无法言说的悲哀涌上心头,这么一座座高耸的建筑物,却是用来宣扬封建礼教、标榜封建功德的!岁月风尘中,它们就这么寂寞地荒芜在那里,留给世人的,该是怎样的一种凄美与宁静?

此时,天渐渐阴沉,大雨即将来临,但这并不妨碍我们追寻牌坊历史的兴趣。

自南宋以来,棠樾为鲍氏聚族而居的地方。数百年来,历经程朱理学的熏陶和徽商经济的刺激,村中科举入仕、经商致富的达官巨贾代不乏人,封建人文空前鼎盛,经济实力雄厚。为宣扬封建礼教和光宗耀祖、造福乡梓,族人热心于乡里建设,营建了众多的宗法建筑、公益建筑和纪念性建筑。棠樾牌坊群就是在这种社会背景下产生的。

棠樾牌坊以石为原料，始建于明弘治（公元1488年）之前，是当地鲍氏家族建在祠堂前的建筑物。鲍氏家族是一个以"孝悌"为核心，严格奉行封建礼教，倡导儒家伦理道德观念的宗族群体。这些耸立在村头的牌坊群，分别旌表鲍氏家族中的忠臣、孝子和节妇，他们旌表这些封建的卫士和殉道者，使之成为族人的表率，发挥"承先启后"之作用，从而达到巩固宗法制度和封建统治的目的，其作用是不可等闲视之的。

随着导游小姐的娓娓叙述，漫步在青石板甬道上，我们每个人的脸上都呈现出不可思议的神色。生活在今天的年轻人，谁也无法理解几百年前带有封建迷信色彩的任何"壮举"。站在其中的两座节孝坊前，我觉得，那冲天的石柱仿佛在向世人无言地诉说着节妇的不满与委屈。它们所散发出来的底蕴，已不单纯是记载鲍氏家族中节妇的品性，而是反映了封建社会"三从四德"思想的畸形社会现象。真的无法想象，这些节妇们当初过的是怎样的一种生活，怎样的一种岁月！听说还有父亲逼死亲生女儿的，只为了博得一块"贞节牌坊"。可见，当年徽州地区守节已经是一种"理所当然"的事了，建牌坊更是一种风气。

忽然想起多年前看过的电视连续剧《烟锁重楼》。女主人公梦寒为追求新的生活、新的爱情，被迫从七道牌坊底下过去，向每一道牌坊磕三个头。当时，我是边流泪边看完的，心中直为梦寒的举动叫好，却又舍不得她要承受那么多的苦难，全忘了那只是在做戏。生活在那个时代的女子，怎么可能得到上苍的眷顾？不被处死或淹死就算是上上大吉，赶紧洗手焚香阿弥陀佛以示老天有眼吧。

随后，我们又冒雨参观了敦本堂、清懿堂，即男祠、女祠。尤其是女祠，梁架结构紧凑，构件用材匀称，造型洗练流畅，工艺精湛，实为徽州清代祠堂的典型作品，是研究古代礼教和家法制度的重要实物例证。

参观完这两座祠堂，在当地居民的指点下，我们还拜访了鲍氏第三十代孙、画家鲍树民老人。据介绍，他现在居住的存养山房建于清嘉庆年间，其后进称作"欣所遇斋"，中有一巨型漏窗，剔透通明，通面阔几乎与屋相等，历二百年沧桑而完整如昔。置身于这幽深的古屋，伴着屋外淅淅沥沥的雨声，听着鲍老细细讲解陈列在橱窗内的鲍氏历史文献、资料，我感到，山水还在，古迹还在，似乎那些精魂也有些留存！

步出"欣所遇斋"，放眼远眺，烟雨迷蒙中，不远处的牌坊在残荷的衬托下，越发显得孤零、苍凉。它们和众多的古民居、古祠堂一起，构筑了一座天然的艺术博物馆，把古朴气韵和现代风采交揉成美的旋律。

穿行于细雨迷蒙中，我想，棠樾的牌坊并不仅仅是由石头砌成，更是用血和泪堆积起来的，亦如《烟锁重楼》中男主人公雨杭所说："不是苦苦地守，就是惨惨的死！"所幸的是，石牌坊的时代早就一去不复返了。你看现在的女孩子活得多滋润啊，她们可以穿露脐装，可以随心所欲地爱人，再也不用像梦寒那样躲着、掖着，她们可以一小时前爱得天翻地覆，一小时后就大路朝天各走一边。如果梦寒生活在现在，那又会是怎样的一种情形呢？

谁也无法猜测！

1. "寂寞石牌坊"为什么是"寂寞"的?
2. 作者为什么说"石牌坊的时代早就一去不复返了"?
3. 文章结尾一句的含义是什么?

参考答案:

1. 石牌坊是用来宣扬封建礼教、标榜封建功德的;为宣扬封建礼教和光宗耀祖、造福乡梓,族人热心于乡里建设,营建了众多的宗法建筑、公益建筑和纪念性建筑;石牌坊反映了封建社会"三从四德"思想的畸形社会现象。

2. ①封建社会早已过去;②我们已进入新时代,女孩可以和男孩享有平等的社会地位,可以大胆自由地追求美、选择爱。

3. 表层义:不知如梦寒那样的女性在现代社会会经历怎样的生活,会有怎样的心理感受。

深层义:对社会进步的赞美,为新时代女性感到骄傲。如果梦寒生活在现在:①她会惊叹并羡慕现在女孩的自由大胆;②她更会感恩时代、上天的恩赐,大胆自由地追求自己的幸福生活。

谒曹雪芹纪念馆

二十多年前,当我还是一名少女时,新搬来的邻居曾借给我一套四本的《红楼梦》,因是繁体字,我只好边看边查字典,这一读就是三年。当时年纪小,许多章节都是囫囵吞枣,但宝黛二人的凄婉爱情故事却令年少的我唏嘘不已,少女时代就在这泪水的浸润中悄悄滑落。随着年龄的增长，我逐渐被其艺术成就所倾倒，同时也深谙了此书的历史意义和文学价值，总希望有一天能走进曹公生活、创作过的地方，去感受一下他当时创作的心境。

3月初，我有幸到北京鲁迅文学院作家班学习，听说西郊香山脚下的黄叶村有座曹雪芹纪念馆，是其晚年居住、生活、创作《红楼梦》的地方，于是在一个风和日丽的星期天，欣然前往。

正是桃花盛开的季节，那一簇簇、一团团白色的、浅红的桃花在青山绿树的衬托下显得格外娇媚，弯弯的连翘垂挂着柔软的腰肢，颤抖的叶片似展翅欲飞的黄蝶，紫色丁香在和煦的阳光下舒展着香叶，面对游人浅浅地微笑。穿过绿树掩映的小径，我终于进入一个由木栅栏围着的无人的静寂空间。放眼远眺，但见绿树环山，万籁无声，尘世的喧哗在此一一遁去，一净尘心，大有人间天上之感。手抚古拙的木栅栏，一种久违了的田园情怀就在心田缓缓溢开。

曹雪芹纪念馆，两排十二间房屋，是按照清代旗营的营造方式修建的。门外现有三棵古槐，东边的一棵歪脖子槐树已有四百余年的历史，据说是明朝嘉靖时期留下的。顺着指示牌，穿行其间，我缓慢的脚步好似在一条没有声音的时间河流上悄悄流过，墙壁上陈列的有关曹公的简介、图片似乎都很遥远，但又似乎很近，弯下腰去，二百多年前的历史便能随手掬起。

曹雪芹生于1715年（康熙五十四年），卒于1763年（乾隆二十八年）。他的祖父曹寅为江南名士，世袭江宁织造，又任两淮巡盐御史，康熙帝南巡时，曹家曾接驾四次，这在当时是其同僚们不敢望其项背的。因而，童年、少年时的曹雪芹养尊处优，过着"饮甘厌肥，鲜花似锦"的生活。因祖父与高官贵戚及文人墨客有来往，遗存下大量的著作、藏书，曹雪芹在拥有锦衣玉食的同时还拥有书籍，这对他的成长和后来的创作都产生了重要的影响。

隆盛显赫近百年的曹家因康熙离世逐渐走向衰败。雍正五年，曹家惨遭祸变，充军、流放、杀戮……一下子从繁华盛世的顶端跌落下来。1728年，十三岁的曹雪芹随家人告别六朝古都南京，迁回北京。在历经世态炎凉、人情冷暖、居无定处的生活沧桑后，曹雪芹渐渐成熟。针对当时的政治历史环境，曹雪芹决心穷其一生来完成一部揭示封建统治真实面目、批判封建制度专制思想的现实主义作品。乾隆十四年（1749年）前后，曹雪芹离开红尘闹市，来到了寂静的黄叶村，开始了他"茅椽蓬牖、瓦灶绳床"的山居生活，并以坚忍不拔的毅力，专心致志从事《红楼梦》写作。

缓步于"满径蓬蒿""薜萝门巷"，眺望渐沉的西山夕阳，我的眼前仿佛闪现出穿着没领的蓝布大褂、足登福字履的曹公，他身背装有文具纸张的白布包袱，穿行于卧佛寺一带的樱桃沟、水尽头、石上松、白鹿岩、元宝石、疯僧洞等处，每到一处，都随时将所听所想记下，晚上回到家点上油灯，再偷偷地写作整理《红楼梦》一书。其时，正是乾隆帝六巡江南，清王朝由盛而衰的转折年代。对曹公而言，一边是富丽堂皇、声色犬马的宫殿苑囿，一边是堆石为垣、"卖画为生"的山村生活，一方是君临天下的皇帝，一方是激愤傲世的才子。在这巨大的反差下，曹公思绪万千。为避"文字狱"厄运，曹雪芹借"假语村言"，将心中对封建制度吃人一页的愤懑之情编织进悲金悼玉的故事中。由于曹公埋头著书，生活极端贫困，常常是"举家食粥酒常赊"，但他仍不弃手中之笔,"披阅十载,增删五次""字字看来皆是血",以至于"书未成,泪尽而逝",化作一缕孤魂直上云间,给人类文学史上留下了半阕千古绝唱。

踩着石子铺就的小径,听着自己清脆的足音在曹公生活过的土地上回响,我不禁想起了鲁迅的一段话:

"至于说到《红楼梦》的价值,可是在中国底小说中实在是不可多得的。其要点在敢于如实描写,并无讳饰,和从前的小说叙好人完全是好,坏人完全是坏的,大不相同,所以其中所叙的人物,都是真的人物。总之,自有《红楼梦》以来,传统的思想和写法都打破了。"

百余年来,《红楼梦》以其卓越的思想、浪漫的故事情节、淋漓尽致再现社会生活本色的现实主义写法成为世界文学园地中熠熠生辉的瑰宝,影响着一代又一代作家的写作取向。

回首凝望,夕阳下的曹雪芹故居在群山的氤氲中,显得真实、祥和而宁静。踩着沙砾的小径,我把脚步放得很轻、很轻,生怕一不小心就会叩醒那颗饱受患难的灵魂。

返程途中,回想曹公一生的经历和伟大成就,我想:假若曹雪芹没经历家道衰败,仍是一个丫鬟成群、上下宠幸的公子爷,文学字典中,还会有宝、黛、钗等千古不朽的人物形象吗?如果曹雪芹不过早逝世,《红楼梦》的结局又会演变成何样?

1. 你印象中的曹雪芹是怎样的?向同学们介绍一下。
2. 赏析文中这段文字:"缓步于'满径蓬蒿''薜萝门巷',眺望渐沉的西山夕阳,我的眼前仿佛闪现出穿着没领的蓝布大褂、足登福字履的曹公,他身背装有文具纸张的白布包袱,穿行于卧佛寺一带的樱桃沟、水尽头、石上松、白鹿岩、元宝石、疯僧洞等处，每到一处，都随时将所听所想记下，晚上回到家点上油灯，再偷偷地写作整理《红楼梦》一书。"

3. 作者在最后一段想说什么？

参考答案：

1. 写一段曹雪芹的简介，向同学们介绍，注意人物小传的写法。

曹雪芹，名霑，字梦阮，号雪芹。他的先祖原是汉人，但很早就入了满洲旗籍。从他曾祖曹玺开始，三代世袭江宁织造的官职。康熙皇帝六次南巡，有四次以江宁织造署为行宫。由此可见曹家的显赫以及与皇室的密切关系。曹家还是一个有文学教养的世家。这种家庭环境无疑对曹雪芹的文学素养有直接的影响。曹雪芹在少年时代经历过一段贵族生活，后来家道衰落，到他著书时已过着"举家食粥酒常赊"的贫困生活。他写《红楼梦》，"于悼红轩中，披阅十载，增删五次"。

2. ①这段文字运用了想象的写法，古今对接，时空转换中还原了曹雪芹创作《红楼梦》的艰辛历程和坚韧毅力；②为了增强文章的生动性，这段文字中有衣着描写、动作描写、细节描写等，细致刻画了曹雪芹的形象；③"樱桃沟、水尽头、石上松……疯僧洞"等语句增强了文章的可读性和韵律感。

3. ①最后一段体现了"文章憎命达"的思想，正是家道中落、坎坷命运给了曹雪芹创作的灵感和动力。②表明了作者对曹雪芹深深的缅怀和惋惜，如果他不是早早辞世，《红楼梦》就会有新的结局。曹雪芹创作的《红楼梦》意义深远、千古不朽。

她从海上来

　　何时开始读张爱玲的小说,已记不清,只知是多年前的事了。她的文字,最初给我的感觉,除了华丽、惊艳外,就是冷静、悲凉、不动声色。很难想象,一个年轻,也还算美丽的女子,为何所写的故事少有温暖,多的是入木三分的世态炎凉。

　　这种疑惑,从读王蕙玲的《她从海上来——张爱玲传奇》中得到诠释。书的结尾处说:"恍惚中她又像在船上,正漂洋过海来美国的途中,海水叠映在她身上,还有远洋轮船的汽笛声,从遥远处传来。"是了,我们所爱的张爱玲,因了时空,早已成为我们的对岸之人,而她笔下所写的人物,大抵也是她的对岸之人。迭回的记忆中,张爱玲用睥睨的眼神、弃绝的心态,还原出她心目中的旧上海、乱世中的香港,还原出她少女时期曾遭受过的冷意、幽寂,以及不平。

　　这是一个复杂的张爱玲。亲情、爱情,于她而言,早已冷到极致。1952年离开大陆时,她甚至都没有和唯一的弟弟告别,而且此生再没回来过。远去的火车哐当声中,或许,只有姑姑的存在,给过她片刻的暖意。

　　其实,只要循着张爱玲没有温情的童年生涯,我们就会发现,张爱玲是个悲观主义者,她不相信天长地久,认为人"是最拿不准的东西了"。所以,她说:

　　"个人即使等得及,可时代是仓促的,已经在破坏中,还有更大的破坏要来。

"为要证实自己的存在，抓住一点真实的、最基本的东西，不能不求助于古老的记忆，人类在一切时代之中生活过的记忆，这比瞭望将来要更明晰，亲切。"

因此，张爱玲是个"最不多愁善感的人"，虽然她也谈服装、谈电影、谈绘画、谈音乐，却从不在任何的物事上做过多的流连，她学会了那种对什么都无所谓的态度。生命于她，不过是"一袭华美的袍，爬满了虱子"。但她到底是女子，当心仪的男人出现时，张爱玲也如小女人一样坠入情网，不可遏制地爱上了，以至于低到尘埃里去。

与胡兰成相恋的那段时光，张爱玲是快乐的，她如乡下女子初到城市一般，怎么看胡兰成都是欣喜的。欣喜到在得知胡兰成和范秀美同居后，仍给他寄了汇票去。她不过是为了她的爱。而胡兰成却忘形得看不见张爱玲的眉头锁得更紧，更看不见张爱玲心中隐忍的泪。

爱是什么？只是一杯未加糖的咖啡，香气终将随着热气，渐渐沉入杯底。任何声音都会消失，如同我们卑微的生命。

"我想过，我要是不得不离开你，我也不至于寻短见！我也不能再爱别人！我就只能是萎谢了！"

不纠缠的人，未必就没有嫉妒心。张爱玲是敏感、脆弱的，亦是高傲、决绝的，因而一信过去先拒绝了胡兰成。她知道，有些伤，只能自己躲在角落里，慢慢愈合。只是，当张爱玲说出这番话时，无论如何也想不到，几十年后，在地球的另一端，会遇到爱她、继而与她牵手的瑞荷。可见，情是花开，再绝响的誓言，面对爱情，都如气泡不堪一击。回不去的，除了心，还有谁也听不见的喟叹。

花开了又如何？花谢了又如何？终究逃不过一个字——缘。

此时，《小团圆》的书摊在膝上，却读不下去，除了文字的干涩、冗繁外，我已找不到那个令我惊艳的张爱玲了。这样，也好，就让华丽的张爱玲成为黑白记忆中的千古绝唱吧。

窗外现出一轮弯月，令我想起小说《金锁记》的开头：三十年前的上海，一个有月亮的晚上……年轻的人想着三十年前的该是铜钱大的一个红黄的湿晕，像朵云轩信笺上落了一滴泪珠，陈旧而迷糊。……

是的，陈旧而迷糊。从此，于我而言，张爱玲——她从海上来，只是一把骨灰。

远处有汽笛声，没有雾，天空湛蓝，现世安稳。

1. 说说文题的含义。
2. 作者为什么说"张爱玲是个悲观主义者"？
3. 赏析文章最后部分：

"窗外现出一轮弯月，令我想起小说《金锁记》的开头：三十年前的上海，一个有月亮的晚上……年轻的人想着三十年前的该是铜钱大的一个红黄的湿晕，像朵云轩信笺上落了一滴泪珠，陈旧而迷糊。……

"是的，陈旧而迷糊。从此，于我而言，张爱玲——她从海上来，只是一把骨灰。

"远处有汽笛声，没有雾，天空湛蓝，现世安稳。"

参考答案：

1. 表层含义指的是因为时空，张爱玲早已成为我们的对岸之人。

深层含义指的是张爱玲用睥睨的眼神、弃绝的心态，还原出她心目中的旧上海、乱世的香港，还原出她少女时代遭受的冷意、幽寂及不平，而这些人和事也大抵是她对岸的人和事。

2. 因为只要循着张爱玲没有温情的童年生涯，就会发现她不相信天长地久，认为人是"最拿不准的东西"，而且她身边少有温暖，多是入木三分的炎凉。

3. 引用《金锁记》的开头，与本文开头相照应，使文章结构紧凑，内容上也突出了文章的主旨，表明张爱玲及其故事已成过往，而现世安稳是很好的。

每一个生命都是风景

已是午夜，透过窗帘的缝隙，路灯不动声色地亮着，一地的碎光，是交错的时间和空间，让夜行的人有了温暖的念想。

一直渴望能够抛弃尘世的烦恼，背上一只包，去人迹稀少的地方，伴随我的，只有风声、鸟声，以及自己的呼吸声，不远处有静穆的寺院，袅袅而来的梵音如妖艳的花朵将我层层包裹。

此刻，环绕小木屋的，除了高耸入云的水杉，就是色彩斑斓的各种野花草，它们在风中摇曳着，发出芬芳。

这些盛开的花儿，有松果菊、石蒜、黄秋英、金鸡菊、格桑花等，而石蒜，又分红、黄、白三种颜色。我们平时见到的红色石蒜，又叫彼岸花，是最有名的一个别称，其在梵语中被叫作曼珠沙华。佛经云："彼岸花，开一千年，落一千年，花叶永不相见。情不为因果，缘注定生死。"传说中，红色的石蒜是开在黄泉路上的花朵，是一种不祥之花，因寓意不吉利，此花没人敢养，故只能出现在荒郊野外。此花虽然寓意不吉利，但那红、那黄、那白，在花丛中却很独特、别致，也很美好。

我不敢说自己读的文字多，不敢说自己走的地方多，更不敢说自己阅的人多，却深知，红尘中，有些生命、有些美好是无法复制的。因此，神仙派也好，逍遥派也罢，清晨或黄昏，独自品茗时，内心的柔软就像蔷薇的芬芳，安静内敛，淡雅缤纷。

王尔德说，爱自己是终身浪漫的开始。

就为了这句话，我常骑着摩拜单车，开启一个人的华丽，比如梁州的银杏、愚园的荷池、古城墙的登高、琵琶湖的芦苇摇曳、朝天宫的孔子塑像、栖霞的五彩斑斓，都定格了我那日渐苍老的容颜。

走得最急的总是最美的时光。人与人、与物，皆是缘起缘灭，缘缘不断。那么，何不做个赏心悦目的女子，在生命的火堆前取暖？

1. 结合文章内容，谈谈你对"风景"的理解。
2. 文章第一段中，光为何是"碎"的？"碎光"怎么又成了人们的念想？
3. 联系具体的语句，说说这篇文章的语言特色。

参考答案：

1. 首先，高耸入云的水杉、色彩斑斓的野花草构成了一幅风景画，它们成了最靓丽的风景。这里的风景是自然风景。其次，挺拔的杉、斑斓的野花草以及赏心悦目的女子，他们无不展现最美的自己，这是对生命的敬重，这种精神也是风景，这是风景的象征意义。

2．路灯穿过树叶的缝隙照在马路上，斑驳，晃动，就成了"碎"的，给人以动感美。碎光可以照亮人前行的道路，给人指引方向，让夜行的人感到温暖。

3．比如，第一段中"路灯不动声色地亮着"运用了拟人的修辞手法，让文章语言显得灵动而活泼，"亮""光""想"的连用，让语句韵味十足，具有明显的诗歌语言的质感。全文整散句的结合，使得文章节奏明快，读来朗朗上口，充满抒情意味。

无法将自己的灵魂交给上帝，因此选择沉默，学会淡漠，试着忘记，照亮前行的阳光，也时常会映出一些幻象，如蓬莱仙阁的海市蜃楼，让人误以为就在不远处，随时可以靠近抚摸。

　　其实，远与近，实质都一样，我们最终会回到起点，马不停蹄地错过的，终究是镜花水月。

　　而"这个将要迈步前行的人已经不是我，而是另一个人……"（凯尔泰斯·伊姆莱）。

　　是的，此刻，我也早已不是我，而是另一个人了！

十

　　这些天迷上了看朋友的博客，一路杏花村地逛下来，竟觉得自己的道行太浅，而李寻欢的刀分明就抵在脖子上，我无力呼吸，只有闭上眼睛的份了。

　　只是，那咔嚓的声音，却不是我的筋骨，血肉横飞的，是满屏的文字，触目都是心光。

　　就如爱一个人，毫无道理可讲，是缘是劫早已不重要，重要的，是陷进的深浅，以及痴迷的程度。

　　罂粟花是妖冶的，也是致命的，沦陷进去，自救的份都没有，冷艳得你总有一天会化为灰烬。

　　无怨无悔。

[流连]

十一

　　就这样隔着距离，看风景。

　　每座城市有每座城市的孤独，每个人有每个人的遗世独立方式，两条平行线，只能并列，永没有交叉点。

槛内、槛外，有多少想不到的事？且又意味着什么？

没有最透明的答案。

也没人能说得清。

唯有石凳上凌乱的棋子，兀自承接雨雪风霜，梦也不到彼岸，醒也不到彼岸。

空空如也。

魂断，蓝桥，有声音在此岸唤我。

生命的流逝，越来越明显，越来越浓烈。

从此，只在有缘人的眼里，深深浅浅地醒着！

十二

有那么一段时间，我被浮躁、不安、消沉缠绕着，对一切都不感兴趣，觉得活着真累。许多的人和事困扰着我，在权量自己的情感时，只能靠直觉来判断，要么烧毁自己，要么像凤凰一样在烈火中重生，而不管是否虚无缥缈。

我渴望被点亮，但更多的时候则是想像鸵鸟一样，把头埋进自己的羽毛里。

那些像梦一闪而过的情结啊，只要想起，就会有疼痛感。

一个被命运摆布的人，行动是不能自由的，乃至思想！

"茫茫百感无端集"。

结局早已注定，一切都将成为镜花水月。

凯尔泰斯说：最深之处？总还有更深的地方。

是的，总还有更深的地方。

只是，刹那的永恒，有吗？

十三

禅说，活在当下。

孤独，却是无法摆脱。

许多的人和事，看见的，不见了，与距离无关。

谁能给谁永远的幸福？

一辈子跟定的，只有自己的影子。

恰如一朵烟花，盛开若莲，它对天空的爱恋，也不过是场爱情的谎言吧？

时光的背影中，雨，一直在下，北和南中，是谁，在午夜的键盘上呢喃？

独留芭蕉，轻叩生命中停留过的气息。

咳嗽已成胃痛。

失控的器官，是天空飘落的最后一枚枯叶。

疗伤的方式有千种，我的，你却看不见。

三生石在哭，没人听见。

被撕的灵魂，有霜轻轻踏过。

十四

听说埃及魔法师用一滴墨做镜子，可以映出逝去岁月的景象。

以为生命中的人和事会随着时间的流逝而淡化，却没有料到，在笔尖上的一滴墨中，越来越清晰。

只是，今天的心情，早已不复当年。

这世上，唯有自己给自己买单。

无论快乐，或者悲伤。

就像每天行走在天空下，阳光一如既往地笼罩着红尘之人，谁又能猜到，出现在你面前的那张笑脸，其内心是否真正快乐。

而我，过着一种心灵的生活，思着所思，忧着所忧，爱着所爱。

长久以来，我对生命总是抱着敬畏之心，即使心中是暖的，落到文字上，也成了忧郁的笔调。

古语有云："言为心声。"但，还是不能单纯地从字面上来捕捉作者写作时内心所呈现出的状态。

有时，这只是一种写作风格，与心情无关。

仿如此刻，敲下这些字时，我的嘴角依然弥漫着笑的馨香，脑中浮现的，也是值得追忆的美好时光。

虽然它们终如岁月尘烟，四处飘散。

但，是谁说的：往事并不如烟？！

十五

怀想，是温暖、湿润的，亦是伤感、痛楚的。

我是凡人，无法泅渡从前的河流。

那些暖暖的往事，在时间面前，早已被侵蚀得没了方向。

仿如午夜吐蕊的花，瞬间击中的，除了遍地的月光，是恰好的寂寞。

却，喜欢沉浸在这样的迂回迷失里。

一段时间，很少与外界联系，圈子小到伸手就能触到自己的呼吸。

孤独。矛盾。冲突。犹豫。放下。提起。

人来世上一遭，到底要什么？丧钟为谁而鸣？

从来不怀疑人生是一场盛大的舞会，每个人都在别人的故事里行走，也被别人当主角来看。

不如跳舞。
谁是谁的舞伴？

一个人待着真好！是一种放松后的平和与宁静。
所有的声音，都被我拒绝。

今晚的月，干净、透彻。
冷冷的清辉，似撒哈拉沙漠永恒的谶言，刻满我粗糙的掌心。
梦中依然盛开的花朵，请继续弥漫你们的香气吧！

我，毫无倦意。
过去。现在。将来。

梦里花落知多少

　　一个人在街上走，累了，于是拐进小城最大的书店。掀开门帘，暖暖的热气直扑过来，若有若无的慵懒气息让我流连忘返。在浩瀚的书海里，寻找属于自己的那份感动，心就慢慢地欢喜起来。

　　不经意间，有歌声从音像柜台那边飘然而至："不要问我从哪里来，我的故乡在远方，为什么流浪，流浪远方，流浪……"淡淡的乡愁和忧伤的情绪，透过齐豫独特的音质，在这个静静的冬日午后弥漫开来，似乎有着穿透心扉的魅力。穿过《橄榄树》的清凉旋律，我的目光定格在一本袖珍型书面上，它有着很养眼的封面设计，竟是三毛的《滚滚红尘》。

　　与三毛的再次相遇，让我想起那些淘三毛书的岁月。20 世纪 80 年代中期，三毛的书很是流行，其叛逆性格、流浪才情、沙漠之爱以及她的文学梦深深地吸引了我，于是我用尽方法拥有了她的一套书。那年我不超过 20 岁吧，头发又黑又长，常将青丝编成一条长辫子拖在脑后，辫尾还臭美地绕了些彩色的丝线。走在飘满槐花的石板路上，常常吸引来一些目光。更好笑的是，竟有人从后面骑车超过我，然后装作不经意的样子回过头。我知道他们想看看这个有着大辫子的姑娘长着一副怎样的面孔。如是女孩子，我必会扬起脸对着她笑，如是小子呢，则目不斜视、气匀步稳地继续走路。

单纯的内心一直以为，我的爱，必如荷西，用满屋子的照片来迎接三毛的惊喜。而最浪漫的事，莫过于万水千山的长路，我的手在另一个人的手心里，紧紧交握着，好像要将彼此的生命握进永恒。

想得多了，便会浅浅地笑，觉得生活中不会有这样的人出现的，那只是三毛与荷西的爱，与旁人无关。

三毛的文章，到处都浸着"热爱"两个字，这是个视爱情、生命为唯美的女人，即使踏上黄泉之路，也要美到极致，那条长长的咖啡色丝袜，像不像她颈上最后的一条项链？

当友人戚戚地前来告诉我三毛的死讯时，我竟然很平静，笑着说，应该为三毛庆幸，她去了远方，只是与她最爱的那个人团聚，在那个星座上，有她日夜呼叫的名字。我们有什么理由不为她欢喜？

背转身，却不落痕迹地用手抹了下眼角，想起三毛说过的：有谁，在这个世界上不是孤独的生，不是孤独的死？

这个生前最爱黄玫瑰的女人，将所有爱她的人打入了地狱。但我，也只能把那份不舍、落寞深深地隐藏。

友人默默地喜欢我好几年了，知我爱看书，自费订阅了多种文学杂志。我知他的心思，但他却不是我要的荷西。他忙忙地赶来告诉我三毛的死讯，必会以为我该怎样的痛呢，却未料到会是这样的一番话。他自是不明了的，于是从此不再来找我了。

随着年龄的增长和琐事的增多，三毛的书很少再翻，书中的内容也大抵淡忘了。此刻再次相遇，竟是另一番心情。虽然《滚滚红尘》的电影早已看过，我还是决定买下这本书。在收银台付款时，小灵通突然响起。不知为何，我的心无来由地猛跳了几下。摁下接听键，是个记忆中没有过的沧桑声。

原来是友人。几十年的光阴，同处小城的我们，竟然没再碰过面，只知他结婚有了小孩，单位不景气，夫妻关系不好，为打发时光竟迷上了麻将桌。曾想打电话劝说他一番，终究是放弃了。没料到在我和三毛再次相遇的时候，会接到他的电话。

他说常从报上读到我的文章，在新年到来之际，祝我作品满天飞。

挂断电话后，环顾四周，竟不知自己身居何处，只听见某个角落里，有什么人在轻轻地歌唱："记得当时年纪小，你爱谈天我爱笑，有一回并肩坐在桃树下，风在林梢鸟儿在叫，我们不知怎样睡着了，梦里花落知多少。"

一晃而过的面孔

一

中午，提上两个行李包，我踏上了开往西安的火车。

乘坐家门口的火车，于我，是第一次。记得前几年北上时，都是先乘坐中巴车去盐城，再从盐城火车站出发。火车票还得请盐城的朋友提前买好，很是费周折。现在方便多了，有多列南来北往的火车停靠小城，如去北京、西安、成都等地的火车。

我乘的这列火车，是从四川过来的。车身干净、宽敞。坐在火车过道里，听着漂亮列车员说的川话，不禁想起四川文友阿贝尔等人，觉得很是亲切。

我的下铺是来自泰州的一家三口，儿子考上了四川某大学，夫妻二人是送孩子去上学的。所带的两个大包，将他们的床铺下塞得满满的，卧铺位上也是大包小包的。男孩的左耳戴了只彩色耳环，随着头的摆动一晃一晃的，别有一种风情。耳环一般都是女孩的饰品，男孩戴，除了前卫，那就是少数民族了。一问，果然！

这家人，除了打牌，似乎就是吃东西、睡觉，茶几上堆满了食品小袋子。儿子呢，若不打牌，就爬到中铺躺着，握着手机或听 MP3。一路上，很少听到他们跟周围的旅客交流。

倒是我隔壁车厢的女子跟我聊得蛮投机的。这女子是海安人，在西安、咸阳做家具生意，已很多年了，一年也就回家一两次，唯一的女儿在外地读书。我问她为啥跑那么远，在家乡不一样做生意吗，而且还好照应孩子。她说没办法，家乡的生意不景气，做的人太多，不如跑远点，只是苦了孩子，初中毕业就离开家去异地读书。然后叹口气，说也习惯了。那样子，是隐忍的，更是无奈的。

说穿了，家乡是根啊，是衣胞地，有谁愿意离开亲人去外地闯荡？可人呐，总得要吃饭，总得要生存。对吧？

想起曾经采访过的民工，想起城市里那些做苦力的外地人，他们放下尊严，只是为了多赚一点点钱好寄回家。与他们相比，这个女子，境况应该好多了。

二

西安火车站。文友赵早就在出口处等我了。一出火车站，映入眼帘的，是如城墙一样的建筑。我以为那就是古城墙，就说上去看看吧。赵说那不是，古城墙在市区，并说城墙没啥好看的。我说到了西安不上城墙，就像到了北京不上长城一样。于是便去了。上去一看，哪还有怀古思幽的情怀，随处可见现代摆设，随处可见游人拿着相机拍照。不见的，是长河落日圆、烽火号角声，以及开阔的视野。它的四周，尽是些高出城墙不知多少的高楼大厦。夹杂在这些现代建筑中间，古城墙倒显得灰不溜秋的了。抚着灰砖,我不知该说些什么,只得学着游客,用相机胡乱地拍了几张,算是到此一游。

然后前往《美文》杂志社。这家杂志社的办公地点在一个很乱、很杂且很窄的巷子里,尽管此巷有一个好听的名字——莲湖巷。其外表很普通,就像居家的小楼,办公室很小、很杂乱,里面的陈设又老又旧。没想到,让众多散文家喜欢的《美文》杂志,竟是从这样一个不起眼的小巷子飞向全国的。

中午去"天下第一碗"的同盛祥吃牛羊肉泡馍。我知道这是当地有名的小吃,很想尝尝,却又担心会很辣吃不习惯。

碗里有两只白白的馍,要一下一下地掰开,最好掰成黄豆粒那样大小。开始我不懂,掰得很大,赵笑说这样不行,然后示范给我看。我说,那要掰到什么时候啊?他就说是啊,慢慢掰呗,西安有老汉能将馍掰一天的。掰好以后,服务员将碗收走,不一会儿,又给每个人端上一只盆似的粗瓷大青碗。多大的碗呢?用我们这儿的话讲,可称作"斗碗""海碗"了。馍安静地待着,不过占了碗的三分之一。我习惯性地将筷子伸到碗中央,埋下头吃起来。

却听得同桌的人说羊肉泡馍不是这吃法,须得围着碗边,一筷子一筷子地划拨,一口一口地吸溜,掰时慢吞吞,吃时风卷残云。

我照着他的法子吃,却没吃出他脸上的受用表情,只觉得舌尖麻辣辣的,仿如小针在刺着。我知道,那是我的舌头不习惯某种调料。无奈,吃了一半就放下了筷子。而他们,却吃得很畅快、很豪爽,满脸的汗也顾不上擦,吃毕,满足地摸摸嘴巴,然后咧着嘴笑开了。那样子,是满足的,粗犷的,真实的。这样的吃相,恐怕也只有在这儿才能见到。尘世之人,在饭桌上早已戴了面具,个个修成了谦谦君子。

这顿饭,大约吃了有两个小时。吃完,他们各自回家,我则直接打车去了新桃花源休闲山庄,见到了一些老友,以及久闻名字的人。而更多的新朋，则如马灯似的从眼前匆匆掠过。

这些一晃而过的面庞，我不知道我是否记得住，即便记住了，也不知能记多久，就像山庄的风声、湖中的雨声，抑或屋檐下文友们的谈笑声。

将自己扔进这样的一群人之中，多少有些落寞，有些疏离。喜欢与陌生人打交道，却不善于与熟悉的陌生人打交道。

如此，我似局外人般冷静地注视着周遭的一切，但却微笑着与文友们交谈，真诚地与文友们交流。

我以为，这是最好的了。既然无法做到真实的我，那就将自己的内心平衡到最佳位置。

很快，就到了分别的时候。聚时再热烈，也还是要面临曲终人散。大家相约，希望不久的将来再聚会。

三

注意到这个男人，是在机场的候车室，其时他与我隔着一个座位，正在通电话。那轻柔的语调，微微翘起的嘴角，令我惊异。通完电话后，他坐着，一动不动，身上有股落寞的味道。我好奇地看着他，竟发现他眼中有一抹忧郁，嘴唇则紧闭，显现出坚毅。这是怎样的一个男人？为什么落寞与坚毅在他身上完美地纠结着？这些年我都是独自在路上，旅途中还未主动跟一个男人说过话。即使有，也是带着警惕，三言两语就将其打发掉。可面前的这个男人却令我心安，有种一见如故的感觉。

果然，我们聊得很投机。他说我非常非常像他儿时的一位老师，第一眼看到我时，恍然以为是，转念一想不可能，因为他的老师已经好老了。得知我一人前往西藏，他诚恳地说以后再出去玩，务必要找个伴。我不以为然，说我习惯了独自漂，没事的。但他仍然劝我，那表情那语气，竟不像刚结识的，仿佛老友，又似兄长。

　　我们聊起了生命。他说他最看不起自杀者，那是对家人对自己的不负责，人来世上一遭，再大的坎、再多的累都得自己扛，提前走，对亲人打击很大，这是自私的表现。他坦言，曾受过伤害，但他不会放弃生命的。我不知他受过何种伤害，但他这话却让我无语，想，这人在生活中一定是个负责任、吃得了苦的男人。

　　我们还说到三毛。他说我挺像三毛的，但他搞不懂三毛为何要自杀，他曾经很喜欢三毛，就因为她自杀而不喜欢她了。我说我同意人不能轻易自杀这个观点，但我对三毛的死却很能理解。我说三毛与荷西那么相爱，她是去赴荷西在天堂的约，这是很好的事呀。不过最终，我们都未能说服对方。

　　我们在飞机上的座位虽然一前一后，但却是一左一右，中间隔了人行道。他紧邻窗户，我则靠在人行道。他让我坐到他的位置上，说这样能看到夜景，让他旁边的人换坐到我的位置上。我有些不安，说这不好吧，万一人家不同意换座位呢？他说你别管，由我来。那语气那神态，让我顿感这是一个大男人。我只好闭嘴，安静地坐着，从包里掏出在机场买的小说看了起来。

　　他因为耳朵有反应难受得很，故很少说话，闭着眼睛打盹。看书累了，我就转头看身边的他，注视着他疲惫的脸庞，真想伸出手去摸摸，给他一丝安慰，又想握握他的手，给他一点点温暖。但我始终没敢，怕他看轻我，以为我是不良女子。就这样辗转着心思，直到午夜降落机场。在出口处，他摇手说美女再见啊。我想这一再见，不知以后还能不能真的再见，于是主动伸出了手，见他表情有些不自然，心想这人真好玩，一个大男人还不好意思。很想逗他一下，转念想想还是算了吧，毕竟刚认识，呵呵！

　　回来后，我们偶尔有短信联系，谈一些世事的看法。他说马上又要离家了。我说可怜的孩子。他回我：我的孩子不可怜，她不过比别人多了些曲折。我的眼睛有些发热。拥有这样一个大度的向上的宽容的父亲，他的女儿，何其幸哉！

看小说《玛尼石上》，这是部反映西藏一对恋人死后转世互相寻找的凄美小说。就想，我和他，前世我们是否也是相识的？在前世，我们，是姐妹是兄弟是朋友还是仇人？我被自己的想法弄得笑起来。这世上，有轮回这一说法吗？

四

光头男人闯入我的视线时，我正站在从西安开往成都的火车上。

将两个包在床铺下安置好，我长吁了一口气，刚想伸个懒腰，却见一个戴着墨镜的光头男人面无表情地立在我的面前，矮胖身材，上身着红色T恤，下身穿一件大裤脚的裤子，脚上趿拉着双宾馆常见的一次性拖鞋。那样子，与街上的痞子并无两样。

我以为我挡了他的道，便侧过身，岂知他仍站着不动，只好壮胆问他在哪个车厢。他指指我的对面铺位，说，就这儿，然后不再言语，低头坐了下来。那一刻，我分明觉察出有两道光从他的镜片后射出。心，莫名地抖了几下。

一路上，我和上铺、中铺的人聊得热火，就是不和他对话。不知是他觉察出了我的不友好，还是他原本就不爱讲话，除偶尔插上几句外，大部分的时间他都是静默在自己的铺上，任由我们在他的耳边聒噪。

聊了会儿，我觉得没意思，就从包里掏出两本文学杂志，刚放到茶几上，就见他不声不响地取了一本去，自然得好似那书就是他的。

这样一个痞相的人，愿意将自己浸在文字中？我很想从他的双眼中看出一点儿端倪，但他就是不摘下墨镜。

于是，我索性从包里多掏出几本放到茶几上。

当我翻完两本后，他第一本还未读完。我不禁探过头去，原来是篇描写乡村记忆的文章。心动了一下，再看他的脸，墨镜后似有亮光闪闪。

难道他也有软肋？我揣测着，小心翼翼地问他到哪儿下。

他怔了怔，说，盐城，比你早一站。

用手捂住嘴巴，我的两眼不错珠地盯着他。

见我这样，他的嘴角咧了咧，随即又紧抿起来。

我对他来了兴趣，说，你不会是克格勃吧，然后又问他是哪里人，去盐城干吗。

四川的，来盐城做酒生意，已经五年了。以前盐城的周边地区都有我们的销售网点，现在行情不好，做酒生意的太多，目前还有好多家单位欠我们的钱哩。他的语气里，透出万般无奈。

我很想说，就你这形象，若往哪家欠账单位门口一站，恐怕无须开口，对方就得乖乖把钱捧上吧。却始终没敢讲出来。

长相恶可原谅，那是爹妈给的。可内心恶，就是自作孽了。光头男人将杂志翻得哗哗响。

我无法判断这话是出自他口，还是出自书本。但那一刻，我为被他窥破了心思而不安。

有三两个道上的朋友想帮我去讨债，被我喝住了，生意不是这做法啊，谁没有个难处。哎，真是，说这些你懂吗？他摇摇头。

我翻了个白眼，说，闲时你喜欢做什么，是搓麻将还是去夜总会？

主观里，十个商人九个这样，因此我问得一点儿也不客气。

你以为？呵呵，你说的这两样我都不喜欢。如果不出差，我就待在店里看报看新闻，晚报常常是从第一版看到最后一版。

晚报上有广告版，你们做广告了没有？

没有，广告费用高，还得请人吃饭，划不来，那钱不如省下来，自己辛苦些，多跑几家，上门去推销，只要酒不假，何愁没有市场。

我不禁深深地看了他几眼，心突然地就安宁了下来。于是，歪在枕上，继续看书。

大姐，请问要奶茶吗？一个服务员模样的年轻女孩举着托盘站在我面前。

奶茶是我的最爱，只是列车上的奶茶太贵，这些服务员每售出一杯都有回扣，因此她们逢人便问，很缠人的。我说不要，便不再理她。

很好喝的呀，买一杯尝尝吧。你看，有原味的，有巧克力的，有珍珠的，有香芋的，你要哪种呢？我给你泡去。

你烦不烦啊，告诉你不要不要，还问！去别的车厢吧。我恶声恶气地甩出这句话。对付这些推销员，就得用这副面孔，否则她就一直站着说，直到你买下奶茶为止。

对不起啊大姐，我这就走这就走。女孩小声地嗫嚅着。

姑娘，我买两杯。光头男人站起来，从怀里掏出三张人民币，轻放在托盘上。

一杯给她，他指指我，一杯送给你，他又指着女孩。

大哥，我不能要的，谢谢你的关照。女孩将两杯奶茶放到茶几上，声音甜甜的。

上铺、中铺的旅客将头探出，一齐惊呼起来，没想到，你小子还会怜香惜玉啊。

不是怜香惜玉，光头男人轻声说，我像她这般年纪，也在外打拼，不易啊，我懂的。

叹口气，他扫了我一眼，然后将摘下的墨镜放到嘴边哈气。修长的十指，洁净得不见一点儿俗气，沧桑的脸庞上，却有着一双幽深的瞳仁，那里面分明写满了善意与关爱。

我的心似被什么东西戳了一下，却又说不出哪儿疼。

一时无话，我们又各自埋下头看书。不知过去多久，上铺的旅客将手机递到我的面前，让我看屏幕上的照片，说他的孙女已有三个月了。

正欣赏着，光头男人也掏出手机，说他的孙女已有一岁多了。我们齐声惊叫起来，说你才多大啊。他的样子，不过四十三四岁。

他朗声大笑，说他是1962年出生的，儿子已27岁，大学毕业后分到成都一家大企业做会计，儿媳也在同一个厂里。

我们都不可置信地看着他。上铺的旅客说他肯定早婚。我则开玩笑地说看样子是奉子成婚。

他的笑容一下子不见了，说他20岁就成家了，当时年轻不懂事，老是在外打架闯祸，父母亲管不住，于是就想用家来拴住他。从此，一个街上小混混不见了，代之的，是一个安分守己的男人，一个懂得了肩上有责任的男人。

他说他现在能好好地活着走南闯北，得感激他的父母，接着又叹口气，说做父母的，只有当儿女有了自己的家后，看他们过得好，才能放得下，否则会永远为子女操心的。

我敏感地问他，现在你也在为儿子操心？

他说，是啊，儿子也是个坐不住的人，嫌做会计不来钱，把工作辞了，儿媳也辞了，两人一块做生意。

我说，这说明他们不满足于现状，想自己闯天地，是好事嘛，你瞎操什么心呢。

他说，你不懂哦，现在的他才深知他父母当年的心。

我一笑，也不辩解，说你儿子肯定像你。

他呵呵乐起来，连声称是是。笑眯了的双眼，令我触摸到一颗为人父的慈善之心。

到盐城站，已是凌晨三点多。尽管他的手脚很轻，我还是醒了。

他歉意地笑笑，朝我摆摆手，说，再见，一路顺风哦。

未容我说上一句,他架着墨镜的脸庞就消失在暗淡的过道里。我的目光落在空空的对铺上,恍然觉得一切都不真实。梦?现实?更为可怕的是,光头男人的脸成了模糊状,留在我脑中的,除了那泛着亮的头颅,就是深不可测的墨镜了。摇摇头,我不再想,索性坐起来,将目光投向窗外的田野。

天际,正有微微的光升起,越来越高,越来越高。

十二月的北京，去看一个人

近几年，我在许多城市里穿行，不喜繁华市井，偏爱前往幽静、有人文底蕴的景点。我从未想过，有一天，我会把公墓也当作念念不忘的一处景点。不，不能说成景点，这样说有点轻慢了我要去看的那个人。

十二月十五日。北京。最低气温零下六度。这样的气温，对北京市民来说，也许不算很冷，但从南方来的我却感觉风似刀子，冰冷，刺骨。只是，当我默念那个人的名字时，便觉有温暖的火苗在胸腔中燃着，令我的血液流得越来越快，想，风再大，气温再低，又算得了什么，什么也抵挡不了我前行的脚步。

天气很好。从天安门广场经过时，抬头看天，蓝蓝的，清亮干净，白云飘浮着，阳光射下来，淡淡的，恰似那个人的文字，"给人间送小温"。长安街上，汽车穿梭，游人如流。金水桥前，我看到一个旅游团，十人左右，藏民打扮，有男有女有老有少，注视城楼的目光都是肃穆的、虔诚的。对他们而言，能零距离地面对天安门，该是多么幸福啊。

按作家苏北先生指引的路线图，乘地铁，坐公交，再打的士，一路西行，终于，西山出现在我的眼前。可是此山却无一点黛色，倒是路两边的树上还残留着零星的绿意。快到射击场时，蓬蓬的野草在寒风中摇曳着、喧哗着，显现出旺盛的生命力。我知道，它们努力向上的体内有一股力量，虽然看不见，但我却感觉得到。就像那个人的文字，总是吸引着我，吸引着我等不到春暖花开，坐了一夜的火车，千里迢迢赶过来。

一条路，一座院墙，墙上四个字：福田公墓。往前走，不见一个人影，几排房屋整齐地列着，空中不时传来喜鹊的叫声。听着自己寂寞的脚步声，我的心里并不觉得悲凉，而是有着隐隐的欢喜。继续往前走，一排排林立的墓碑涌过来。却步环顾，发现公墓的最前方立着个大石块，近看，原来是介绍福田公墓的文字。

福田公墓，位于北京市石景山区西黄村乡福田寺村东，始建于1930年，因距离福田寺较近，故取名福田公墓。这里安葬、安放着众多已故的爱国民主人士、著名教育家、科学家、文学家、艺术家、高级知识界人士及部分革命烈士的遗体和骨灰。

放眼望去，墓地有大有小，有奢华有质朴，有雕饰有光洁。这里鲜见苍松翠柏等植物，墓地与墓地之间，栽的是低矮的树木。看那树形，应该是桃树吧。光秃秃的枝干上不见一片树叶，唯有横向的树枝兀自伸展在天空下。是等待，是期求？是隐藏，是回忆？树注视着我，我注视着树，却是两相无言不着一字。

墓道的两侧，每逢十字路口就有一块立着的牌子，上面标注着名人之墓的位置，以便祭扫的人们寻找。其中有俞平伯、王国维、钱三强、姚雪垠、汪曾祺、康同璧母女，以及余叔岩、杨宝森等。原以为这些名人墓地会十分显眼，很容易就能找到，但我在里面转了多时，也未找到几个。因为它们全都深藏在高高低低的墓群中，不按等级排列，也没有尊卑高低。

著名作家姚雪垠与其夫人的墓地，黑色大理石修建，因位于公墓的

路边，最先进入我的视线。伫立片刻，继续向北。在"来"字区的路牌上，我看到这几个字：汪曾祺，现代剧作家。心跳，莫名地就加快了。可是，前后转了几圈，愣是没看见汪老的墓碑。难道先生不欢迎我？难道我谒拜的心不够虔诚？灵魂的入口，为什么就不能对我敞开呢？

  一瞬间，委屈漫上心头。再想想，先生的文字是散淡的、平实的，他说："我喜欢疏朗清淡的风格，不喜欢繁复浓重的风格，对画，对文学，都如此。"那么，他的墓地也一定是简洁的、不起眼的了。又想起那年在凤凰，为了找寻沈从文的墓地，也是走了远路才找见。汪曾祺是沈从文的弟子，想必也应有老师的脾性吧，只不过，一个葬在山上，一个埋在地下，而已。心，便释然了。于是，一个墓碑一个墓碑地挨着看过去。终于，一块大石头出现，上面刻着：

    高邮 汪曾祺
    长乐 施松卿

  先生的墓地很狭小，与前排及左右墓地的距离仅够一人侧身，若是胖子，断断通不过。我想，倘能将先生的墓地迁到家乡高邮，一定会被当地政府修得体体面面的，哪似这般又挤又小。据说曾有人提过这个建议，但先生的儿子却说"他不够格"，不知此话从何讲起。

  又想起刚看到的一些墓地，逝者名不见经传，只因其家人有钱，墓地占地面积不但大，且造得豪华奢侈，内心很是悲哀。想不到这个极乐世界，也充满了铜臭味。好在，世人心中自有一杆秤，尽管先生的墓地狭窄，但他的光芒却是遮盖不住的，任何时候，"心灵的祭拜远胜于物质上的祭拜"。

  先生的墓碑前很整洁，不见一朵花一片叶。正面，镌刻着先生及夫人的生卒年月，背面则一片空白。正是午间时分，因前面的碑石比它高，先生的墓碑中间有一团阴影。不过，阴影的四周覆盖着一圈冬阳，令拜谒的人心生暖意。

缓缓地，我对着墓碑拜了几拜，将小花篮恭敬地轻放在碑石上，说："先生，我来看您了，感谢您的文字指引着我。"是的，每每郁闷，或觉得笔下枯涩，我便会从书橱中翻出先生的书，随便打开一页，看上几行，浮躁的心即刻安静下来，"我们有过各种创伤，但我们今天应该快活"，真的呢！

不知站了多久，或许很长，或许很短，冥冥中，我看见先生的手中夹着一支烟，注视着我的双眸闪着狡黠的光芒，接着就有一股气流，裹挟着神奇的力量，穿过墓碑直抵我的掌心。

我明了，我与先生，从此——不再遥远。

舞曲响起时

又一支舞曲响起时,你仍旧坐着,苹果式的红蜡烛静静地浮在高脚酒杯里,幽幽的烛光将你的表情衬托得平和而宁静。你双眼微闭,斜靠在椅背上,听轻柔的音乐慢慢走来又渐渐远去,任鲜红的玫瑰在对桌的茶几上朝你诡秘地点头。

在这灯红酒绿、充满浪漫情怀的地方,你发觉男人显得矜持温柔,女人显得高贵大方,人人都可以通过舞曲来尽情挥洒自己的喜怒哀乐;也许对方的名字、容貌都不重要,只需记住曾与陌生人共舞一曲,在擦肩而过的刹那,相视一笑,感谢对方带来一个美好而温馨的夜晚。

七彩灯悠悠地转着,束束射线如水般温柔地将你圈住,大型投影屏幕上,突然跑出了一串优美的旋律,如微风拂过草长莺飞的三月,接着,忧伤的萨克斯就在你耳边轻轻倾诉,你的眼前现出了久远的一幕:两个小孩无拘无束地在乡村小道上笑着、跳着,古老的风车在田埂边慢慢地转动,水牛在和煦的阳光下"哞哞"地叫唤,并用它温柔的目光注视着渐行渐远的背影。红了樱桃,绿了芭蕉,从此,蓝色的故乡便只能在梦中出现了……哦，亲情、乡情，无论我们走到哪儿，直至死亡的那一天，都是一份难言的牵挂、难舍的心绪！

泪眼婆娑中，你发觉沉浸在旋律中的，大部分是年长者，而年轻的少男少女正满面春风地绽开在舞池中央。

你不禁自问：我的心老了吗？

其实，你有让人羡慕的年华、让人羡慕的风采，只不过，一样的是面容，不一样的是心境。在越来越无奈的现实面前，你发觉只有把自己置身于世界的边缘，才能保持纯真的个性，你喜欢自然、平淡、踏实地活着，喜欢用自由、率真的个性去尽情地享受生命。因为不肯随俗，便有"风逃走了／只剩孤独的我／高举已远去的星／对着那一片宁静"；因为不肯放弃追求，便有"随意的回眸／已至深秋／而晚风夕阳中的凝视／是天边那烧得轰轰烈烈的血"。

这样的人，你能怀疑她老了吗？

伸出手，你轻轻地抚摸着茶几上的玫瑰花。花开为谁？谁解花语？一瓣一瓣，都有自己的悲伤与苦痛，都有一个属于自己的故事，但它们却仍立于天国中，用冷傲的目光淡然地注视着身边的过客，又有谁知，在它们孤独的外表下，仍有一颗渴望了解的火热的心呢？今夜如你，有缘如你，而明日，明日又天涯，它该对谁吐艳呢？

望着变幻莫测的彩灯，你忆起了一位诗人的来信："在南京的日子里，我最喜欢到明孝陵前的梅花山去看春，漫山梅花如雪似霞，让人感到汹涌的人生与时光的迅疾。"

是的，在时光这条河流里，永恒是不存在的，生命于我们也是短暂的。所以，你崇尚一切美好的东西，一首好诗，一支好歌，一幅好画，抑或一花一草，都会引起你心灵的颤动。此时，虽然坐在远离乐队的角落里，你仍能感受到那一张张笑脸后的温暖。"微启又如莲花"，生命所承担的，该是不断地进取和心与心的交流。

一缕微笑飘上了你的眉梢。千重山，万重水，阻挡不住的，是那一份真诚！

带着感动的情怀，你默默地注视着身边的他，相知相伴这么多年，还没有主动邀请他跳过舞呢。柔情渐渐地溢满了眼眶，正准备起身，他已站在你的面前，深情地伸出了胳膊。

望着那含情的玫瑰，你拈花一笑，把手递了过去。

慢慢地，你们相拥着滑下了舞池。在未来的岁月中，你们将要用一生的时间，去跳一支漫长的人生舞蹈，完成你们的生命旅程。

左手平淡，右手沉浮

记不清从什么时候起，学会了在 QQ 上隐身，删除一些可有可无的号，论坛上的短信也不再收藏，而是有选择地保留。

比如《台北圣诞夜》。女友说，此刻，很想给你这 60 秒钟的安静，我想知道，曾经那一秒钟的差异里，你有过什么样深切动人的一杯咖啡，还有不多一秒也不少一秒的记忆……

点了看后，许久无语，就那么静静地坐着，想，一杯咖啡，在一秒钟的差异里，味道肯定是不同的。而人与人相遇，也刚刚是不多一秒也不少一秒，尘世的一切，想必都是上帝安排好了的。我们，无力改变。

想到在遥远的北方，竟也有一盏灯在雪夜下亮着，穿过幽暗的时间隧道，和我同时在沉思静想的空间流动，内心就渐渐柔软。

张爱玲《爱》中的一段文字：

于千万人之中遇见你所遇见的人，于千万年之中，时间的无涯的荒野里，没有早一步，也没有晚一步，刚巧赶上了，那也没有别的话可说，唯有轻轻地问一声："噢，你也在这里吗？"

有些人，注定相遇，有些人，却不一定会相遇。而爱是什么？只是一杯未加糖的咖啡，香气终将随着热气，渐渐沉入杯底。你握不住那浮在水面上的苦涩，氤氲得让你以为踏雪而来的誓言必是前世的不变。

其实，任何声音都会消失，如同我们卑微的生命。

没有永恒，是的，没有！不朽的，只是尘埃罢了！

喜欢一个人走在路上，过往的行人如槛外之人，我自在槛内，任花开花谢，雨落雪飞，心事如莲花，千瓣万瓣地开着，然后在一路的花香中，慢慢地走回安放自己灵魂的处所。沿途的快乐，足以打湿浪迹天涯时的艰辛和风尘。

年前，收到大捧的康乃馨。友人说，本想送百合的，可惜卖完了。其实，无论哪种花，都是怀有秘密爱情女子的百转千回、万般柔情。

我把脸深深地埋进花中，只为了不让她看有些湿润的眼睛。许久才抬起头，笑着说，真好，我喜欢。

总有一些事，让我怀了感恩的心来面对生活中的每一个幸福和伤痛。只为了在这世界上，有人懂我。

朋友是两轮月亮，互相照亮，互相陪伴，略有距离。

我喜欢朋友们互相爱着，单纯而美丽，如木制吉他弹出的民谣。

天性的不圆滑与拒绝敷衍，外表热情而内心淡定，喜欢沉浸在自己的天地里，我是敏感而脆弱的，总是在别人拒绝之前先拒绝别人。我知道思念一个人的滋味，如喝了一杯冰冷的水，然后用很长的时间，一滴一滴流成热泪。而知我者与不知我者，我何求何索？疼痛已学会罩上外衣，不轻易显山显水了，它知道，有些伤，只能自个儿躲在角落里，慢慢愈合。

但太多的事，只能沉默。这样的无奈，便是有人能体会，也不过是皮毛而已。唯有暗夜独自抚摸伤口，才是真的痛。

花开了又如何？花谢了又如何？

终逃不过一个"缘"字。

亦如老屋的墙头上那抹淡淡的斜阳，脆弱而短暂，倏而远逝。

还是在文字中看自己长长的影子吧，虽然孤独、寂寥，却有活力在体内弥漫着。

读博尔赫斯的书，他说文学在他的一生中，意味着幸运和幸福，对他来说，被图书重重包围是一种非常美好的感觉，只要一挨近图书，他就会产生一种幸福的感觉。

对我来说，也是如此。只要有书读，哪怕生活再清贫，环境再恶劣，我也会心如止水。记得小时候，家里总是不安宁，每每这时，我总是拿起一本书躲到角落里，于是恐慌的心就会安静下来。书，是我的一座凉亭，总是让我聆听到心灵深处的声音，使我在黄昏时有家可归，更让那迷茫孤寂的精魂也有个归宿。

有些话是要说出来的，更多的话则只能说给自己听，且埋得更深。

所以喜欢写字，觉得写字真是件幸福的事。它让我远离尘嚣，少受伤害，心安理得地与自己假想中的人对话。

年前，有朋友在网上留言，问春节去哪里玩。我说，待在家里，哪里也不去。

其实，我很向往紫檀木般沉着舒适的生活，也向往激情澎湃的动荡日子，我是双子座，因而我的性格注定是双重的。记得从前用电脑算过命，说我的爱情像阵风，不为谁停留。呵呵，蛮像那么回事的！或许我会动心，但风过了，就会平息的，是吧？可是，风还没到中心地带，怎么就一晃而过了呢？

我好想抓住它们啊！

于是，落到凡尘，左手从容平淡，右手奢华沉浮。我早已不是我，你也早已不是你。世界小下去，时间长起来。你不是我的天空不是我的城，我宁愿是你唇边的一抹浅浅的微笑，也不愿是你低垂眼帘下的一颗晶莹的泪滴。

"我看到远去的谁的步伐,遮住告别时哀伤的眼神。"

罗大佑的歌在耳边轻轻回旋。

新年的第一场雪,正轻轻地将窗外换了银装。

世界一片安静。

我将星辰抛在身后

窗外一片黑。

把脸使劲贴在玻璃上,但见远处稀疏的灯光明明灭灭,这说明火车又驶经一座城市,抑或是村庄。我不知它们的名字,也不知它们是清醒的还是沉睡着。这些问题对我来说并不显得特别重要,因为一座城市或村庄叫什么,沉睡着还是清醒的,并不影响这个午夜。北行的火车上,一名女子的眼眸,注定与它们在黑的夜中,有短暂的相遇。对于未知的事物,我总是怀着好奇的心,以至当我所在的5号车厢的旅人都熟睡后,我的思维仍然很活跃。

坐火车北上,在我,是第一次。记得那年去北京鲁迅文学院学习,乘坐的是长途卧铺汽车,24小时后我的双脚才得以踏上梦寐以求的京城的土地。其时正是阳春三月。这在江南,是要下扬州的。不过,也不一定就非得去扬州,只要你愿意,江南的任何地方都可以去,比如苏州,比如杭州,比如南浔、乌镇等地,它们与扬州一样,莺歌燕舞,花红柳绿,温婉湿润。风情炊烟中,你会情不自禁地在心中默念起久藏的名字。

但你也知道,那个名字,只能写在风中,这一世,你和他的故事,恰如满湖烟水上沉默的镜花水月。

  北方的三月,气温冷暖不定,人的心情也会随之忽上忽下。宿舍墙上的日历,却在淡然时光中,前赴后继地躺在我的掌心,任我有意无意地搓揉成星星点点。它们宿命的模样,令我说不出内心哪根神经被触痛。

  曾经,在盛大、华丽的场合,看红男绿女上演着激情,我却恍恍惚惚、思想游离、身体游离,那些闪烁的霓虹灯暗合着我思念的气息。暧昧的灯光下,突然有音乐弥漫开来。透过缓慢的旋律,我触摸到悲伤、忧郁和无奈。不想让别人瞧见眼中的泪光,只得微侧着头,装出很陶醉的样子。事实上,我也很陶醉,只是这样的陶醉布满了忧伤。那一刻,我深知我是飘浮的,上不着天下不着地,只能悬在半空,任风把我吹来荡去,我看不清前方有什么,只能随风摇摆。我是风中的一株浮萍,一点一点地坠落、枯萎。没人知道我曾来过、盛开过。我为自己筑起了一道心墙,在午夜的墙角蜷缩成团。我不知道要如何做,才能握住那渐行渐远的温暖。

  后来,知道了那首曲子叫《布列瑟农》,将其下载到电脑的收藏夹里。写字累了,就轻轻地将它提出来放一小会儿风。这个时候,我就会与它,隔着时空,互为对方的看守。

    我站在布列瑟农的星空下,
    而星星,也在天的另一边照着布列勒。
    请你温柔地放手,因我必须远走。
    虽然,火车将带走我的人,但我的心,却不会片刻相离。
    哦,我的心不会片刻相离。
    看着身边白云浮掠,日落月升,
    我将星辰抛在身后,让他们点亮你的天空。

我打了个激灵，轻轻地从上铺滑下，光脚站在寂静的过道里，却听不见丝丝旋律，充塞耳膜的，是旅友们的呼噜声。所有的人都睡了，连同窗外漆黑的田野。

可我，分明听见铁轨上站满了忧伤的旋律，听见草原上孤独、幽怨的狼嗥，还有马修·连恩的一声叹息。我明白的，我都明白的。就像苏轼与温超超。宋元符三年，即公元1100年，当苏轼再回惠州时，超超已化作一缕孤魂，坟墓也早已是野草披离了。他恨自己未能满足超超的心愿，那个苦难的灵魂他已无法安慰。满怀愧疚中，苏轼吟出了"拣尽寒枝不肯栖，寂寞沙洲冷"的千古名句。

站在寂静的过道里，我贪婪地注视着车窗外被月光笼罩着的铁轨。无声无息中，有寒光缓缓上升，那是哪座即将淡出的城市的背影？

想起至今都没有久离过的，我生活了三十多年的小城。是的，除去短暂的外出旅行和学习，我一直都行走在它的茎脉中，且毫不客气地伸手提取我所需要的营养。它不富有，却也不贫穷；不喧哗，却也不寂静。小城恰到好处的仁慈、悠闲，令它的百姓散漫、慵懒。穿行于下午宁静的阳光中，我常常发觉自己会迷失。我始终认为，我的内心有比白云更舒畅的空气，比浪花更深邃的海风。有一段时间，我曾动过要逃离它的念头，坚信我的希望、我的追求、我的目标只能在另一座城市完整地实现。跌打损伤后才知道，这世上，有些事，有些地方，即使穷尽一生，也是无法做到或抵达的，那些不切实际的愿望，只能深埋于心底，因为它们太奢侈了，奢侈得近乎童话。而童话，只能远观，否则必会破碎，就像散入湖心的忧伤，不动声色地弥漫着，令你在午夜，满掌的痛，却无法喊出。

有呓语从身后的车厢传出。那是前往天津参加某高校春试的应届高中毕业生。沿途她一直说个不停，咯咯的笑声充塞了整个车厢。看着她充满青春气息的脸庞，我想，年轻真好，活着真好，只不知，当她有朝

一日踏上社会，笑声是否还会如此清脆、如此掷地有声，梦中的她又如何能知道，这世上，唯有自己给自己买单，无论快乐，或者悲伤。不过转念一想，18岁，正是青葱样的年华，理应活在清如水、明如镜的春天，为什么不可以将自己的心情旋转出缕缕芳香呢？为什么不可以用笑声来感恩生命、红尘中，或相遇或擦肩而过的有缘或无缘的人和事呢？

而这些，也时常在午夜，逼近、叩问且拷打着我日渐迟钝的灵魂，就像直击人心的音乐，只能在午夜，用最沉重、最空灵的旋律来唤醒沉睡的心灵。这样的唤醒，如同用刀子划开柔嫩的肌肤，伤着的是筋骨，剥离的却是厚厚的心结。

愈合。重生。一切光滑如镜。

"一盏灯，一个人，一杯酒，一点音乐，就这样，半生故事，流泻而去。"

恍惚中，一个女声，在渐白的田野上飘飘荡荡。纯净的天空下，到处可见农田里的麦子，绿油油的，风过时摇头晃脑。

铁轨旁的电线杆上，有一只麻雀孤独地站着，另一只麻雀则在与之平行的电线杆上站着，不知它们是否是一对恋人。在我还没想出答案时，它们就从我的眼前消失了。哦不，不是消失，是它们滑出了我的视线。但我确信，它们还在遥遥地对望，我希望它们是一对正在恋着的爱人。因为现在是春天啊！而我，就行走在春天的天空下。

当窗外的风景——田野、树木、房子、耕地的农人、乡间小路上慢走的水牛——一一掠过时，思维，有一段时间是空白的。可我却记住了，农田里，偶尔掠过的、稀疏的坟头。

直到现在，我都搞不明白，铁轨两边那么多的美丽景物，我为何偏偏记住别人不愿看到的东西。这令我想起诱惑世人的深渊，总是爱往人堆中扎，我非常同情那些如飞蛾扑进去的人，说到底，他们，只是回归了人类的本性。

我呢，却在本性外罩了层壳，长久以来，很想撕碎，还它一个明澈清朗的真实。

站在王府井新华书店前，注视着进进出出的人群，我的眼前仿佛幻现出那年圣诞节，友人顶着风雪进此书店的背影。再次出来，手里拎着购得的两本书。抬头看天，流云布满天空，忽聚忽散。

穿梭于来来往往的人流中，我知道，一些心愿已了，曾经的痛，只是自己的感觉。任何时候，世间之爱，首要的，必得先爱自己。我也知道，有些事，一直都在，从不曾离开。渐行渐远的，是曾经芳菲的年华，所有的心结，都恰如千年的冷月，暗地妖娆地开在自己的额头上。世人逃不掉的，皆是因了无法拥有的渴望，恰如寂寞沙洲冷，不知道风在向哪个方向吹。

穿过别人的城市黑的夜，我是飘飘隐士，在我前行的那些城市里，有我所不知的悲欢离合，就像贝克特的荒诞戏剧《等待戈多》中的一个场景："乡间一条路。一棵树。黄昏。"

"希望迟迟不来，苦死了等的人。"那么，满怀了希望去找，找到了的就一定是希望吗？

不管是否找得到，我都要继续行走。

"我将星辰抛在身后，让他们点亮你的天空。"

但愿火车远去的声音能把我的思念带至远方。我还要伸出手，直抵你的指尖，你握住吧，不要丢掉了，哪怕一路有荆棘也不要丢啊！我要让发光的沙变为水池，干渴之地变为泉源，我们所到之处，必会有青草、芦苇和蒲草。

大声说出来

　　警车在狭长的田间小道上急驶。路两边分别种植了棉花、薄荷、花生等，绿色的田野一眼望不到边。驶过一座小桥后，视野突然变得开阔，大片的农田，北边是成排的树林，而农田的中间，兀自挺立着一棵茂盛的大树，树的顶端站着一只白色的鸟，一动不动。同行的人说，可能是白鹭，因为树林的那边就是黄海。

　　注视着那棵孤独的树，我想：相对于人类，一棵树的独立是不需要勇气的。想到即将采访的举报人严老，我无法猜想当涉嫌杀人的犯罪嫌疑人被抓获后，已69岁的他会不会感到后怕，周围的乡邻又是如何看待这件事的。

　　警车停在犯罪嫌疑人被警方擒获的渔棚前。渔棚周围是大片的树林、农田，方圆几公里不见人烟，唯有风过处树叶的哗哗声，天地空旷得让人窒息。看着破败不堪的渔棚，派出所的民警告诉我们，听说老人举报后，他的老太婆骂他，说万一杀人犯出来报复孙子怎么办，儿媳也让他在家待着，不允许老人在外面乱说。于是我们有些担心：前去带老人的民警会不会碰壁？

约莫过去半个小时，警车戛然停在我们面前，女民警杨霞玲从车上探出头，说老人在田里干活儿，他的儿媳还叫带来一些衣服让老人换，要我们再等等，话还未说完，警车呼地就开走了。又等了半个多小时，警车回来了，但见一个矮小的老人从车上跳了下来，老远就将手伸出来要与我们相握，并连声说在田里摘花生，刚换的衣服，然后两手不停地扣衬衣的纽扣。看着比我矮半头的瘦弱老人，我真的想象不出，面对高大健壮的犯罪嫌疑人，他是如何能做到从容不迫地与其周旋的。

"我一眼就看出躲在渔棚的那个人不是好人，就问他来这儿干什么，他说来送鱼秧，我说怎么没看见你的车子呢，他说他是看鱼秧的。然后，他又问我有没有香烟，要用5块钱跟我换6根烟。我只要了他1块钱。然后，我就奔回家想告诉我的邻居也是老党员王某这件事。到家后，听邻居说派出所送来了协查通告，我要来一看，这不就是渔棚的那个人吗？于是我就想得赶快报警，万一他再到其他地方去杀人可就糟了，绝不能让杀人犯逍遥法外。

"害怕？我从没想到这个词。哪有好人怕坏人的。说真的，我也拿500多元的退休工资，要对得起国家，对得起良心，这样晚上睡觉也安心。至于家人，他们是有些不理解，怕杀人犯出来报复。哪有这种事啊？杀人是要偿命的。而有些邻居更离谱，说这人要是枪毙的话，我要负一定责任的。简直是放屁！"

老人越说越激动，一直扣纽扣的手抖个不停。

面对正直的严老，我们一时无语，但每个人的眼睛里都分明写满了钦佩。那一刻，我从老人的身上看到了一种信仰、一种品质，而那些美好的东西正如泥沙般从我们紧握的双手中渐渐滑落，那就是我们每个人都应该拥有的正直、勇敢和疾恶如仇的高贵品质。现在，越来越多的人消极地接受现状，害怕惹火上身，与他们毫不相干的事总是懒得过问，明哲自保的内涵被他们挖掘得淋漓尽致。"英雄流血又流泪"的现象时有发生。

"百合花要是腐烂了，气味比败草还难闻。"我曾为此而感到悲哀。但此刻，面对这样一个矮小、瘦弱的老人，我却觉得这世界还是充满希望的，因为我们有理由相信，在这个世界上，肯定还有许多像严老这样的人，是他们撑起了自己为人立世的骨架，也撑起了我们人类社会的脊梁。那些抱怨"好人越来越少、坏人越来越多"的人，你们是不是应该冷静地思考一下：面对坏人坏事，我们有没有勇气大声地说出来，并及时向当地公安机关举报？

一个人可以做英雄，也可以成为懦夫。命运是公平的，每个人都有可能成为英雄。眼中有泪，心中才有彩虹。要想成为一个品质高尚的人，很简单，那就是像严老那样：

大声地说出来，不要怕！

第二辑　花朝手记，时光消逝了我仍在

灯影下的喜乐年华

对蜡烛、煤油灯、手电筒,我总是有种超乎寻常的想念。20世纪70年代,虽然城市里家家户户都用电灯,但那时的灯泡瓦数总是很低的,而且常常停电,因此家里的五斗柜上总是摆放着有玻璃灯罩的煤油灯、蜡烛及手电筒。

四岁以前,我随父亲在乡下生活。那时村里不通电灯,夜晚降临后,家家户户就会点上煤油灯,暗淡的灯光将人影放大并反射到墙上,活像妖魔鬼怪。

记忆中,回城后,家里的煤油灯用得极少,每每停电,母亲总是点上半截蜡烛。蜡烛有时是红色的,有时是白色的,光与影却各有各的颜色,小小的灯芯欢快地跳跃着,不时发出噼啪的声音。只要一停电,我们姐弟三人就会快乐得大呼小叫,因为这样就可以名正言顺地不做作业了,而我们的手也可以派上用场。

随着十个指头不停地组合,墙上会现出不同的图案。燕子啊,小狗啊,兔子啊,只要我们能想到的,都能变出来。更多的时候,我们是互相用指头在墙上斗架,就像"皮影"一样,忘乎所以时,往往会忘了是在做游戏,竟真的吵起来了。这时,母亲就会举着纳了一半的鞋底轻轻抽打我们的屁股,喝令我们去床上睡觉。

我们睡下后,母亲就会点上煤油灯。或许母亲觉得煤油灯比蜡烛亮堂一些吧,我却觉得煤油灯更温暖,因为这时的母亲,总是一脸的恬静,漆黑的眸子少了白天的威严。朦胧的灯光下,母亲的眼睛里竟也有红色的火苗在跳动,当这抹火苗射到我们身上时,是含了柔情的。常常是一觉醒来,还见母亲倚在床沿,抿着嘴唇做针线活,棉线伴着暗红的火苗在母亲手上绕来飞去。就在这忽浓忽淡的灯光下,母亲的美好年华渐渐老去。

弟妹很快沉入梦乡。只有我,竖起耳朵听里屋的动静。确定父母在谈心,理会不到我们了,就悄悄地打开手电筒,将被窝的四个角掖紧,然后就着微弱的光,偷偷地看到处搜罗到的字书(小时候对长篇小说的一种叫法),也不管是否看得懂,更不管是不是被称作"毒草"的书,直看到眼皮有气无力地打架,才把头伸出来,长长地舒口气,然后满足地睡去。那种刺激、那份小心,总是会令我滋生出深入敌人心脏的感觉。

小学四年级的时候,有一天我正在埋头做作业,只见父亲匆匆地回到家,腋下还夹了个纸包,进了里屋后,很久才出来。吃晚饭时,我问父亲那纸包里包的是不是字书,父亲却说哪有什么字书啊,小孩子别管大人的事。我知道父亲没别的爱好,除了他的医书,再就是小说了,而父亲在家是从不看医书的,于是留起心来。

两天后,父母亲去另一个城市走亲戚,家里就剩下爷爷及我们姐弟三人。把弟妹哄睡后,我就到里屋东翻西找,终于在父亲的衣柜最里层找到了,原来是本厚厚的手抄本,最上面的一行是"第二次握手"这几个字,密密麻麻的小楷字布满了整张纸。我大惑不解,干吗说第二次握手呢?好奇心促使我看了下去。不知过了多久,突然听见房门外响起爷爷的脚步声，吓得我赶紧用被子蒙住头。随即就听见门被推开，然后是"咯嗒"的灭灯声。

黑暗中，我睁着两只眼睛，猜测出现在苏冠兰院里的那个神秘女郎是谁。不会是琼姐吧？如此一来，他们又可以见面了。那么，他们见上没有？如果见了，第一句又该说什么？我被自己的猜测搅得没了睡意，只好悄悄地爬起来找出电筒，躲在被窝里继续看。

合上最后一页纸，我大人似的长叹了口气。那时我还不懂得爱情，但丁洁琼和苏冠兰纯真的爱情故事却令年少的我感动不已，我觉得他们的爱，就如我床前那抹透过纱窗的月光，清澈而朦胧。当爷爷叫醒我时，我的两眼红红的。爷爷说，哟，大概害眼睛了，我去学校帮你请假吧。乐得我搂着他亲了又亲。

父亲回来后，除了吃饭在桌上现身外，其余的时间都待在里屋。他不知道，他的秘密早已被我掌握。

如今，父亲因视力问题，看书都是在光线很亮的大白天，母亲现在很少纳鞋底了，即使纳，也选择白天在朝南的阳台上。那盏曾伴随母亲青春年华的煤油灯，早在多年前就送给乡下的亲戚了。

人生若只如初见

佛家讲究的,大概就是一个"缘"字吧。一些久不见的物事出现,总是有着不可言说的禅机。那堆碎玉,于我,即是如此。

之前,它们安静地躺在一只牛皮纸信封里。六年了,我无法确知它们有着怎样的婉转心事,飘散的光阴里,是我和碎玉各自的忧伤流离。

玉是阴柔、洁净的,亦是淡泊、寥落的,扰扰尘世,真正能与之匹配、息息相通的,恐无几人。因此,我对它,总是怀了敬畏之心,怕只怕承担不起那瞬间的恍惚。宁愿光着手腕,也不轻易佩玉。

六年前的春天,北上学习,夫说戴上那块玉吧,据说可以避邪、保佑。

在京的前三个月,一切安好。即使我一人捧着地图出去逛,也没有出现令人不放心的事。6月中旬,我和同学去怀柔慕田峪长城游玩,因为嫌麻烦,就摘除了手腕及脖子上的玉。脖子上的玉,图案是佛祖合掌盘腿坐在莲花上,1997年在黄山开笔会时,从一个不起眼的小店里购得,自佩戴后就挂在脖子上。不知怎么的,那次竟然把两块玉全摘下放在了宿舍里。

下长城时，在一段平地上走得好好的我，突然莫名其妙地跪了下来，两膝盖直往外冒血，疼得我龇牙咧嘴，眼睛里噙满了泪水。痛定思痛后，我决定从此不再与玉分开。

学习快结束时，某天下课，我和同学们说说笑笑地从五楼返回四楼的宿舍。毫无征兆地，我就那么倏地从楼梯上摔了下去，被同学们拉起来时，发现茶杯还是好好的，膝盖是好好的，胳膊是好好的，后脑勺是好好的，唯有手腕上，空空如也。我的玉，就那么静静地泊在我的视线里，仿如一树的花开。

惊魂未定的我，知道是玉，在关键时刻，以一种决然的姿势，将生命中最后的华美，绽放。

六年后，因找一份资料，我在抽屉的角落里翻出了这只牛皮纸信封，那堆碎玉，就这么寂寞地卧着，静若处子。信封上有几行熟悉的斜体字，而那写字的人，早已与我们阴阳两界，红尘相隔。

恍然间，记起纳兰性德的"人生若只如初见，何事秋风悲画扇"的词句。短短一句，极尽婉转伤感之韵味。又想起一位女友，圣诞前夕，与暗恋多年的诗兄相遇苏州河畔，原以为诗情江南会留住两人的旧痕遗梦，岂料却听她说，见面后才了悟，相对于人，还是对方的文字令她温暖、迷恋，无论心中有怎样的不舍，她与他，终是要一个向左一个向右，相见不如怀念啊。

岁月的流逝中，我们知道，长生殿里的信誓旦旦，变成了马嵬坡前的"江山情重美人轻"，李隆基和杨玉环之间，隔着的，是江山。我的女友，与诗兄隔着的，是现实与虚幻。而《半生缘》里，曼桢一句"世钧，我们回不去了"令人好生悲伤，他们之间隔着的，是酒冷茶凉后的似水流年。

碎玉，有我曾经的体温，却在最爱的时候，离开。人生若只如初见，我会空出我的纤腕，就像女友所说，永不要见面，只隔着，一盘象棋，两杯清茶，三四首诗词，五六朵莲花，七八条小径，九十分怀想，任轻风淡漠，却终是，细碎而温暖。

刹那芳华

整个下午，某种类似金属的声音在室内旋绕，其穿透力将初夏的风一点点撕碎。常常，我会停下手边的活，凝神屏气，只为了捕捉它淡淡的光泽。

这个歌手的名字是远方友人告诉我的。友人对他很是崇拜，要我找了他的碟来听。于是我便上了心。从此，每到一家音像店，我就问店员是否有得卖。

却一直没等到。

春节后，与友人断了联系。近一年的诗文来往，说消失就消失了，那份决绝，那份果断，让我惊叹。或许缘尽，谁能陪谁到永远，网络和现实也是一样的吧，连同他喜欢的这个人的碟。

五一期间，陪亲戚去音像店，看着大街上光鲜的人群，再看看亲戚埋头于一堆流行的碟中，心突然动了一下，那个歌手的名恍如春天的草，一下子在脑中发了芽。于是，视线作扫描状，在满墙的碟中穿梭。

一张英俊的脸将我的视线定格。

碟片的封面上，男子闭着眼，满脸的络腮胡子，托在下巴的手握成拳头状。在让男人女人都会心动的照片旁边，写着这样几个字：安德烈亚·波切利精选辑。

一切都在不经意间。一切又都是不可告人的。

迅速地，我将它从架上抽出，飞奔到收银台，然后把它放进坤包中，这才长吁了一口气，好似做了贼一般。

回家，却一直没拆封，将其搁在众多碟片的最上方，日日经过，只把灰尘抹去。

到底忍不住，这个下午，听了。

时间停止。

寂寞的鱼跃出水面，只为看看蓝天，无关白云，远离暧昧，疼痛的叫喊早已化成根根水草，裹了它的泪，将一切，等待着，遗忘。

其实，完美的东西，世上有吗？

有时想想，残缺也是一种美，一如断臂的维纳斯。

绝美，让人有种隔世的心跳，它藏在冰里，有着最深的孤独，一旦遇到温情，便会复活。

大雨将至，谁是送我蓑衣的人？

世界的某个角落，有朵低到尘埃里的花，可是，要怎样伸手，才可以握住对岸的雪？

你很近，又很远，或许终其一生，我也不能与你的指尖相触。

但仍愿意相信，无缘的你，就在我的身边，且能洞穿我隐秘而绝望的快乐。

有一种思念，只是一件信物。

轮回的流年，是暗夜渐长的影子。

而温柔的坚守，永远只能是自己的左手和右手。他人，也只是恍然的风，不免少了刻骨。

在这个初夏的黄昏，我一步步地走近安德烈亚·波切利，一遍遍地听着他的梦呓，却依然，相距遥远。

无法诉说的尘世之人啊，总是不能留住这幻觉的闪现，唯有将刹那芳华，存于遥远的梦中和路途中了。

深深的划痕

　　有位旅行家，他每到一处，总喜欢把搜集到的当地标志性图案贴在旅行箱上。这样过了好多年，有一天他想把这些图案揭下来收藏，却发现贴在最底层的标识早已深深地嵌在箱壁上，与箱子融为一体，怎么撕都撕不下来了。

　　看到这段文字时，蔡琴淡淡的歌声正在室内弥漫。那些怀旧的老歌，经她独一无二的中音演绎后，让我触摸到了我的那些藏在暗处却仍闪着绸缎般光泽的旧日时光，心，便有了一丝轻松和湿润。

　　其实，对于歌手，我并没有特别喜爱的。我只对忧郁、伤感、惘然的曲子情有独钟。

　　年少时，喜欢听《走过咖啡屋》《外面的世界》《狼》等，却不知，无奈的时光，原不是一两句话就可以概括的。每段时光都承载着不同的往事，都有着别样的心情和感悟。《圣经·传道书》开篇即说："虚空的虚空，虚空的虚空，凡事都是虚空。人一切的劳碌，就是他在日光下的劳碌，有什么益处呢？"

消逝和正在消逝的，我们无力改变，只是，那些落花流水春去也的青春，仍如梦幻一样存留在我们渴望飞翔的心中。

曾经幻想，在波涛起伏的海边，有一个人，正穿过下午宁静的阳光，说要与我长相厮守，用他温暖的大手，引领我返回他那遥远的家乡。我也许会回眸、眺望、流连这个生我养我的故土，但我更知道，我到处漫游为的就是要遇见他。

可是，"我见到的幻象／几乎完全消失，但从中诞生的芳香／依然一点一滴落在我的心中"（但丁《神曲》）。

多么深的划痕——山还是山，水还是水！

很多的人和往事会在时间的缝隙里留下淡淡的印痕，我们感觉到它的存在，却总是握不住，于是一边往前走一边惆怅、怀想。

时光像一杯久置的咖啡，当它氤氲的气息逐渐弥漫时，我们所能感受到的，也许仅仅是一丝淡淡的苦涩。

我对未来一无所知，我总是任时间的脚步带着我前进，一路的风景很诱人，但我却不能停下，我只是匆匆的赶路人。

一日一日的重复，从这本书跳到另一本，从这首音乐听到另一首，我只是个孤独的人。

一直记得《情人》的零星片段，那个扎着麻花辫子的女孩子，穿着宽松的旧丝绸裙，趴在船栏上……穿着雨衣孤独地等在空荡荡的房间里，离别就在眼前……但真正懂杜拉斯的人太少，人们了解的只是她的一点点而已。

心灵上的孤独，无人能懂，杜拉斯的芬芳，只为懂她的人开放。

很喜欢一张图片。华丽的灯影下，天空深蓝，远处的车灯明明灭灭，空气中，飘着一些让人感到无着落的气味，似乎自己也在慢慢地游动着：天空深蓝，路灯橘红，我用尽一切离开你。

喜欢独自上路。喜欢看沿途风景，喜欢穿梭于一列列的车厢，看旅人寂寞的脸，想着怅惘的心事。寂寞和喧嚣让我兴奋不已，就像陌生人的一句问候带来稍纵即逝的安慰，却又不为谁停留下来。只是远远地把自己置身于红尘之外，渴望能像佛陀般静坐于莲花之上，一切淡泊宁静，化生命的激流于一泓平和而深深的潭水中。

　　隔着时光这层纱，这些完美的旋律使我产生了幻觉，仿佛风平浪静的海面，又如繁华过后的云淡风轻。那些伤与痛、苦与乐、梦幻与憧憬，深深地镌刻在我们的人生之途中，我们揭不下来，却也去不掉。它们静静地立在心之一隅，用有些堵塞的嗓子向愿意倾听的人诉说不平与寂寞。午夜时分，我总会在不经意间与它们相遇。

　　曾经的爱情，惆怅的回忆，在每个不经意的回眸中，会遇到许多人，他们和我一样，随手捡拾起路上的石子、花朵、落叶。就像现在，我倚在窗前，看天空风起叶落，行人嬉笑怒骂。而在这个宁静的午后，我注定要沉入时光积下的尘埃，让有些沧桑的心与蔡琴再一次会晤，直至夕阳西垂。

　　思念的花，相继浮现。时光继续，阳光温暖。

　　怀旧留在我心中的深深划痕，注定要跟随我一辈子。

水滴咖啡

  很多时候，我是个四处游荡的人。一些感觉像梦，诱使我不停地去寻找。其实寻找什么，找到又如何，却不是我想要弄明白的。我只知道，独自上路的感觉让我欲罢不能。沉迷于这样的意境中，我是兴奋而敏捷的，如同一只豹子在月色下对着山谷长久地嘶鸣。那种痛快是无法用言语来诠释的。

  长久以来，单调的生活让我晕晕欲睡，我对任何东西都失去了感觉。偶尔，有些微风吹来，在这座临海的小城上空盘旋。它冷冷地吹着，显示出温暖大海的麻木。天气渐渐地冷起来，从前逗留的闲散人群，在大街的暧昧灯光下，早已了无踪影。而此刻，恰恰是我最清醒的时刻。

  打开电脑，那些熟悉的、陌生的名字总会让我想起和他们最初相遇的刹那。我是怎么遇到他们的？他们又是怎样走来的？孤独无处可逃时，我便到网上来寻找更大的孤独，沉沦，然后寻求解脱。来来往往中，不经意间就与一些人和事擦肩而过。

  我总是太粗心，总是在失去。而这样的失，在时间面前，是最经不起考验的。网络时代，有谁愿意心甘情愿地守候、驻足，继而深情款款？那些秘密燃烧的火焰，在夜的黑暗下，早已散了灰烬。我时常玄想，它们会变成柔软的花瓣落到我冰凉的指尖吗？我又如何才能握住它们，使它们再一次盛开如冰凌？

当最后一声汽笛鸣响时，我了悟，与断桥的前尘后事，是三生石上曾经牵过手的印迹，任我怎样跋涉，也只是个伤口，轻轻地疼。寂寞的心境，自水中走来，回来寻找它的前生，却逃不过命运的百转千回，一如墙壁上友人为我画的莲花，静静地退回到它们应属的寂寞中去。

这个世界上，我们要面对的，是更多的消失和告别，就像琴弓上优美的旋律，尽管我们的心被抚得湿润，也只能看着它们似清风临水一般掠过。许多的美好时光，还未踏上回家的路，就随着尘土和落叶一起转瞬即逝。

在我电脑的收藏夹中，有从前与友人的聊天、邮件记录，曾想过全部删除，最终却保留了下来。这些烙满时光印痕的文字，它们不会说话，却凝固了一段友谊。逝去的漫漫时光，像深夜中的昙花，令我看不清背面滴泪的茎叶。

埋葬往事，遗忘不该忘的人，也许这样的平静下面蕴藏的疼痛更激烈。酸涩进入骨髓，却只能不动声色。

敲下这些字时，脑中瞬间滑过这样的文字片段和听过的一首歌：

"怀有秘密爱情的女子，宛如一朵悄然结籽的莲花，含蓄而笃定，即使秋深，即使霜降，依然清芬暗萦、幽娴自若，她往往是孤独的——孤独，但并不寂寞……"

"有一个美丽的小女孩，她的名字叫作小薇，她有双温柔的眼睛，她悄悄偷走我的心。小薇啊，你可知道我多爱你，我要带你飞到天上去，看那星星多美丽，摘下一颗亲手送给你。"

那一粒粒籽，是怀有秘密爱情女子的百转千回；那清芬暗萦的淡香，

是怀有秘密爱情女子的万般柔情。偶尔两双手相触，年轻的心便如水波漾开，忙转移视线低了头温婉地浅笑。粗心的少年啊，却不知少女的心事，原只是那一蓬莲籽，只把那百转的心事深深地藏着掖着，等着他去采撷。

天上美丽的星星，他摘下一颗亲手送予她，却被她不经心地弄丢了，再去寻时，早已黯然失色，一如老屋的墙头上那抹淡淡的斜阳，脆弱、短暂，倏而远逝。

就这么简单啊！爱上你，然后用一辈子的时间来忘记，恰如爱上一朵生长在一颗星星上的花，从此在夜间，我们看着天空就会感到甜蜜愉快，所有的星星上都好像开着花。

是的，尽管你早已从我面前消失，依旧想说，非常挂念你，我亲爱的朋友。千条万条河流都将归入大海，我们是不同的河流，都有自己的方向和目的。面对曾经的拥有，我们唯有珍藏，唯有感恩，唯有祝福。记忆被浸透了，一页页想起来，比生命还长。

艾略特说："沉默的女人／平静而忧伤／被撕裂却又最完整……"

或许，生命中有份记忆，是岁月积淀后的深深懂得和无奈。一边割舍，一边回眸，聚也依依，散也依依，聚散两依依。

刻骨的东西也会风轻云淡的吧？抑或是一种错觉？心情散淡，不起波澜的日子，是不是也可以快乐地过？一如春天的花，了去无痕？

有些话是要说出来的，而更多的话则只能说给自己听，且埋得更深，就像从键盘上敲出的这些文字，隔着时空看过去，永远都是鲜活的。好的文字可以直抵灵魂，彼此安慰彼此倾听，彼此深入彼此抵达。

这样想着，手边的水滴咖啡刚好注满。这是一种让咖啡豆和水一点点融合，一滴滴滴下来，需要六个小时才能接满一小杯的咖啡，其风味是普通咖啡不能比的。轻啜一口，内心疯长的思念忽然随同香味，在暗夜里轻轻弥漫。

夏天的姿势

那年夏天,我们作家班即将毕业的几位同学应班长羽的邀请,前往慕田峪长城一游。

羽是一个热情豪爽、高大憨厚的北方汉子,他极尽东道主之谊,忙前忙后地替我们拍照、讲解。

这是我第一次直面长城。

看着三三两两的游客,凝视着飘在风中的彩色绸缎,我深切地感受到由一根根白骨堆砌起来的王朝是那样地不堪历史之重,阳光再暖,也焐不暖长城冰凉的回忆,心突然沉重起来,一种说不清的寥落感把我紧紧缠绕、细细包裹。

下长城时,走得好好的我突然摔倒在石径上,膝盖青肿,一个一个血点从皮肤的深处冒出来,疼得我又想哭又想笑,半天直不起腰来。

大家边安慰我,边开玩笑说我今天的收获最大,被秦始皇盖了印章。

我强忍疼痛,调侃地说,这可是刻骨铭心的纪念,以后看到它,就会想起怀柔,想起慕田峪,我的这份记忆要比你们各位都来得深,是一种深入骨髓、带血的纪念，是上苍对我的照顾，你们凡人是得不到的。

羽这时显示出班长的身份，非要拉着我的手走路不可，说不能再出问题了，否则不好交代。

游完长城已是晌午，大家分乘两辆车前往长城脚下的"大明星度假村"，安顿好房间后，羽及学姐跟服务员要了瓶酒精，不由分说地把我按在地板上，用棉条替我擦洗。只见羽一个大男人，把棉签蘸上酒精，仔细地、轻柔地清理着我腿上伤口处的淤泥，还一边用嘴吹着，一边说不痛不痛。

那一刻，我因感动而忘记了疼痛和害怕，于是竭力忍着，虽然嘴里不停地吸气，但仍笑着说，是的，不痛，可眼泪却不听话地直往下流。从小，我就怕血，看到血心就慌，就会将头转开。但这次，我却盯住他俩的手，希望把这一画面刻进脑海深处，因为再过几天，我们将结束鲁迅文学院的学业，从此天各一方，也许今生今世就只能享有他们这唯一的一次温柔了！

安顿好后，大家一起沿着山路散步。空气中有股淡淡的清香，若有若无地跟着我们。原来，山坳、路边种植了许多板栗树，灿灿地开着淡黄、粉白的栗花，风一吹，香味便四处飘溢。一条小溪依山蜿蜒，清得可以看到水底的细沙、卵石、小虾、草鱼，间或有马、驴、奶牛、羊在溪边吃草，看见我们头也不抬，想必对于闯入它们地盘的人早已司空见惯。这是一群处变不惊的家伙！溪的尽头是一汪碧绿的湖泊，两岸的树木茂盛繁密，山峰、绿树倒映在清澈的水面上，让远离尘嚣的我们有些恍惚，一时分辨不出什么是真实什么是梦幻。

大家散坐在地上，畅谈在作家班的所思所得以及毕业后的打算。看着他们踌躇满志的样子，想到即将分手的日子，我怎么也快乐不起来，只是默默地靠着石栏远眺，静听大山中自己的心音。羽以为我是因腿疼而不开心，便拾了许多小石子，说要和我比赛打水漂，看谁扔得远，扔得多。在他的带动下,我渐渐地忘却了烦恼,终于肆意地笑开了。

　　吃完晚饭,羽说带我们去领略一下大山的夜色,整日忙碌,都记不得星星是如何一闪一闪的了。

　　刚走出大门,大家就发现一只红月亮高高地悬在两山之间,如红日中天,如火球燃烧。

　　羽也如我们一样,是第一次见到这奇特的自然现象,虽然他已生活在大山多年。面对我们惊诧的神色,羽充满激情地说,是我们的纯真友谊感动了上苍,是我们的热烈让月亮动情,那是我们情血的映照,是老天为我们的友谊送来的珍贵礼物啊!

　　是这样吗?噢!是的是的!我们不禁齐呼:红月亮!红月亮!星星舞着小溪的浪花,树荫月影缠绵着柔柔的山风,远处房舍的灯光,狗的吠叫,青蛙的鸣叫,给大山的幽静平添了几分灵动,也越发衬出我们这些人的呼声是多么的放肆。

　　我们醉了,不禁手拉着手围成一个圈,以歌为拍,恣意狂舞,那声响压过了蛙鸣,压过了犬吠,我们像一群闯入幽静大山中的害虫,横扫一切安谧,唯有我们尖尖的触须在不停地向前。

　　记不清唱了多久,记不得走了多远,羽突然含泪说他心里好难过,也许几个星期后,他们将在这里接待客人,而那时我们都不在了,睹景思情……我们猛然都没了声息,只是默默地走,有泪盈满眼眶。

　　后来,我在给羽的信中附了这样一首诗:有一种往事永远浮在水面/有一种疼痛永远无法舍弃/有一种爱永远如再生涅槃/有一种友谊永远地久天长/有一个红月亮啊永远深入骨髓/在汩汩血液中把生命之树照亮。

　　从北京回来后,我就结束了打工生涯,在家做自由撰稿人,因为我喜欢自然、平淡、踏实地活着,喜欢用自由、率真的个性去尽情地享受生命。

　　羽得知后,说我的决策够大胆的,如今各行各业都在竞争,吃文字的饭很难。他要我做好思想准备，默默写上几年，待时机成熟后，或许还是会有出路的。他鼓励我以一种新的生存状态来看世界、看人生，并寄了些报纸杂志给我，说可能会对我有所帮助。

就这样通了一年多的信。

突然有一天，他告诉我他被医院确诊为肝癌晚期，为拼一把，决定去天津做肝移植手术，并伤感地说，人生如梦真如梦，谁是命运的主人？他还有许多事没做。

接到此信，我的眼泪不禁夺眶而出，想起他冒着沙尘暴带领我们去水碓子书市的热心，想起他在与影视班一比高下的篮球场上的冲锋与骁勇，想起一个个深夜他与我们海阔天空的不倦谈兴。这样的人，为什么会遭此劫难？

因路途遥远，我不能赶去看他，唯有默默地为他祈祷，遥祝手术成功。

2001年7月13日，中国在莫斯科申奥成功，而羽也在同一时间肝移植成功。多么美好的时刻！多么令人心碎又让人感叹的时刻！羽说，为了钟爱的文学，他又活过来了，仿佛是从另一个世界回归，一切都要从头做起。于是，他用婴儿般纯洁的目光关注着身边的人和事，却用一颗沧桑的心去品尝其中的甘美和苦涩。

孰料人生无常，就在我们为羽击掌之际，突然接到北京学友的电话，说羽已于头天晚上去世。忧伤如潮水般涌来，我感到一阵窒息，良久，我才对着电话的那端说我去不了，拜托他替我买束鲜花献在羽的坟前。

呆坐了很久后，我从书柜中抽出羽兄送我的散文集，翻开，他那独特的斜体字赫然出现在眼前：

　　小妹：大山无言，大山轻轻对你说！
　　兄：羽佳　9/6　于鲁院

我从抽屉里翻出我们的信件，还有刊登他文章的报纸。这些纸张啊，它们在我的手里散发出淡淡的气息，像深巷墙角青涩的草根。

一直记得你的话，北京不远，想哥了就来。可是，老天爷仿佛惩罚我似的，2000年分别后，我去过好多地方，却总是与北京擦肩而过。有一天想了，可等来了你住进天津肿瘤医院的消息。你还说要带我去你的家乡看看，去看满山的栗子，去看满山的桃花，去看你的石辗、你的母校、你的雨、你的雾，去看你纯朴的父母、你贤惠的妻子、你漂亮的女儿……如今，带路的人呢，他去了哪里？

抚摸着扉页上羽兄憨憨的照片，一阵悲怆涌上心头。命运有时真的让人生畏，生活在其中的每个人，都如海滩上的沙子，任何一次潮汐都会将我们吞噬。人生如梦真如梦！

又是夏天，匆匆行走的我突然听到音像店里传出一首伤感的歌："有一首思念的歌我不敢唱，唱了心情就会伤感；有一杯回忆的酒我不敢喝，喝了夜里就会难过……"我呆住了，傻乎乎地站着，一些记忆就顺着音符从回忆的走廊里跳了出来，在我的眼前盘旋。我不禁逃也似的跑回了家，摊开稿纸，写下了这迟来的文字。

羽兄，远在天堂的你，能否听到我含泪的歌声？

从鸟声中醒来

文友发来短信：小鸟已在窗前歌唱，你起床没有？

我笑。他不知，每天清晨，我都是从鸟声中醒来的。这些早晨的祈祷者，令我神智安宁、心静若水，仿佛置身于淳朴的大自然，初夏的日子便全是快乐的了。

从鸟声中醒来，该是多么诗意的一种醒法！记得从前读羊令野的《你从鸟声中醒来》一文时，曾很有感触地连叹三声。那境地令我甚是羡慕："听说你也是每天从鸟声中醒来的人，那一带苍郁的山坡上丛生的杂树，把你的初夏渲染得更绿了。"

四岁以前，我曾在乡下生活过一段时间，相对于我的记忆，这短暂的乡村生活仿如轻薄的瓦片掠过水面，但农舍前的一畦绿色、燕语呢喃，以及乡村生活的宁静、恬淡、闲适，却从此留在我的记忆中。都市是"机器"的世界，没有燕子，也没有垂杨，局促在都市中的我们，无法听到鸟鸣，更无法体会诗人眼中的初夏是绿色还是浅紫色的。置身于喧哗的尘世，我们总是被车流声、叫卖声、送孩子上学的吆喝声，以及我们匆忙的心情吵醒。

　　为了近距离地触摸自然、触摸泥土，回归简单纯朴的生活，结婚后我曾两次将家安置在城乡接合处，以满足我对田园生活的向往。清晨或傍晚，我喜欢穿上母亲纳的千层底布鞋，穿过屋后安静的柏油马路，让双脚踩上萋萋芳草，看初青的麦田、肥沃的土壤，听不远处偶尔传来的鸡鸣，或仰起脖子，注视天空倏地飞过的鸟儿翅膀，以及村舍上空成丝成缕成卷的炊烟，它们令我对人与自然和谐共处、精神和性灵相得益彰的生活充满了神往。

　　第三次搬家，是20世纪90年代后期了。其时，我住的小城正在实施气势宏大的旧城改造工程。城改后的小区，广场依景造势、见缝插绿，每幢楼前都有草坪，周围种植了许多花草以及品种繁多的小树。徜徉其间，阵阵花香扑鼻而来，让人感受到乡间田野特有的芬芳。春有桃花灿烂，夏有香樟迎风，秋有桂香四溢，冬有蜡梅傲雪。似海的绿色中，青藤的缠绕与野花的烂漫形成了无声的旋律，以起落摇曳的风姿向天穹倾诉大地的梦想。

　　记得刚搬来小区时，草坪上的绿色才稍稍展开，那时听得最多的鸟叫，是整天在草坪、树枝上叽叽喳喳的麻雀声。近几年，小城将绿色大面积种植，所到之处，随时有绿叶与我们对话，随处有鸟鸣侵入我们的耳朵，小区的草丛、低树、高枝，无处不在鸣啭。由于注重生态环境，鸟儿们也来此扎根繁衍后代了。我窗外的雨棚下，去年就有一对燕子在此做窠，今年还新添了两只小燕子。闲暇时，我常打开纱窗，静观默看忙着飞进飞出的老燕子，并时常与蹲在洞口的小燕子对视，它们眼中没有丝毫的戒备、恐慌，有的只是坦然、温和。那种对人类的亲近和信任，令我的心灵深处荡漾着温馨和宁静。

　　每个清晨，在我似醒非醒之际，都会听到或独吟或合鸣的鸟叫声，那些声音玲珑剔透，好似大珠小珠落玉盘，跳过来又滑过去，仿佛就在耳边，触手可及，放眼可见。如潮的啁啾声中，我起身，立于窗前，深吸一口满含花草气味的清新空气，然后将头探出去，看燕子、喜鹊、布谷鸟以及许多不知名的鸟儿在小区上空绅士般穿梭。它们飞翔的身姿、投射在大地上的倒影，将我带入另一个世界，让我觉得都市的繁华和喧闹皆已离我远去。倾听窗外欢快的鸟鸣，我真希望自己能变成一只鸟，随季节的变化南来北往。因为这世上，唯有鸟儿才是真正的自由物种，浪漫精灵。

  整个初夏，我都是从鸟声中醒来的，然后快活地坐在窗前，任一个又一个诗意的清晨，被浅绿翠绿渲染得伤感而高贵、芬芳而凉爽。而我的小城，也将被更深的墨绿浸染、洇湿。

嫁给生命

1991年1月4日凌晨2时左右，三毛在台北荣民总医院，用一条咖啡色长丝袜，在浴室吊点滴的挂钩上自缢身亡。

时隔15年，远嫁他乡的女友用同样的方法，结束了自己年轻的生命。当我获悉这一消息时，中秋的雨在我的窗外赶趟儿似的淅沥个不停。坐在电脑前，我裸露的肌肤觉察出了很深的凉意，我却不愿披件外套。要的就是这样的凉，这样的透骨与清醒。

20世纪80年代中期，三毛的书很是流行，其叛逆性格、流浪才情、沙漠之爱以及她的文学梦深深吸引了我和我的女友。后来，我通过上海的亲戚拥有了三毛的一套书，每个晚自习，我和女友匆匆做完作业后，就将教科书竖放在作业本的前面，偷看三毛的书。那年，我们不过十七八岁。

三毛的书看多了，就以为，我们的爱，也必如荷西——用满屋子的照片来迎接三毛的惊喜。而最浪漫的事，莫过于万水千山的长路，我们的手在另一个人的手心里，紧紧交握着，好像要将彼此的生命握成永恒。

那时我们说得最多的，就是幻想或在火车上，或在西行的旅途中，能邂逅一位似荷西那样热情、浪漫、专一且有着满脸胡子的男人。

多年过后，世事的艰辛让我明白，生活中不会有这样的人出现的，那只是三毛与荷西的爱，与旁人无关。

可是女友却真的在北上求学的火车上，奇迹般邂逅了这样一个男人。她说，两双手相握的瞬间，她情愿丢了学业与他浪迹天涯。父母不忍女儿嫁到当时在我们看来很穷的西部，竭力反对，甚至以断绝父女、母女关系来要挟。可女友却不管不顾，她说"一生幸福"这个词，可分为两个部分，前半生的幸福来自父母，后半生的幸福来自上天赐予你的人，握住了就别丢失，这才是一个女人真正的幸福所在。

也有过缱绻的浪漫时光，也有过商海搏斗的并肩，却未料到，今夜的那盏灯火，不再是昨夜的那盏，女友的先生，这个被贴上"成功商人"标签的男人，早已忘了从前对女友的承诺，一心要打碎一个你，再重新娶一个她。

有七八年吧，女友选择的后半生幸福，都交给了一盏又一盏长夜下的孤灯，那些用心与情写出来的文字，为她铺就了另一段彩色人生，但她却拒绝了至少在我看来很不错的男人的追求。

她信奉三毛所说："在这个世界上，有谁，不是孤独的生，不是孤独的死？"

我对她说，三毛也曾说过："我们不嫁给灯，我们嫁给生命，而这个生命，不是只有一个面相，这条路，不是只有一个选择。"化缘，求缘，皆不如随缘。

佛说，百年修得同船渡。尘世之人，都是独自飞行的，交掌都不能够，彼此看一眼已是一霎又是千年了，何况修的是父母子女夫妻。再大的苦，再大的难，我们也要扛着、承受着，因为，除了爱情，我们还拥有亲情和友情。

曾在电视上看到过采访李敖前妻胡茵梦的专题，这个女人并没因离开李敖而郁闷，相反，她活得风生水起。如果这节目早些播出的话，或许，女友就不会有俗世的生活已是地狱的想法了。

女友掉进了自囿的陷阱里。她不记得，这世上，原本只有一个三毛啊。

为什么不活得潇洒一些，用你手中的笔，写出更多的美文，让他去后悔得肠子发青？让他跺脚让他自责吧，因为他失去的，是一个既有才情又有深情的女人，就像西部歌王王洛宾写的《等待》的诗那样：你永远不再来／我永远在等待／等待，等待，等待，等待／越等待，我心中越爱。

第三辑　千年守望，生命是一次奇遇

流水的日子

我总是看见那样的时光，闲闲的，暖暖的，清浅的线投射在临窗的木桌上，暧昧的气味聚集着，并不特别，却似有似无，仿如女子唇边的浅窝，由不得你去捕捉。

来这里，是为了静坐、放松，让一种事物刺入内部，向着内部的远方深入。我知道，在那里，有什么东西呼啸而过，我对它一无所知，又对它熟稔于心。没有人知道那里正在发生变化，是的，很显然，没有人知道。

一扇门，只对某个面孔开放，不是主人，胜似主人，以完美的姿势，成全刹那的念想，不论是随心所欲，还是别有用心，总之，舒适，尽兴，慵懒，妙不可言。

……

自己的珍珠

谁在风中行走？秋阳照楼台：路正宽，花正艳，朵朵向太阳！

法国作家福雷说："我确信文学不能拯救。它对经受了一次生死考验的个人来说，是一种存在的可能方式。写作是为了记忆，而不是忘记。"

但，爱伦堡说："谁记得一切，谁就感到沉重。"

其实，有许多的事，无关风情，无关记忆。似烟花那么凉的，是长长的人生。

很是怀疑记忆，觉得它离我越来越遥远，越来越轻薄，无法呼吸，犹如沙漏。

幸好，还有转身这个动词。那么，一切朝前看吧。执着的，会执着；空着的，会空着；一花一世界，一树一菩提。每个人，都会捡到属于他自己的那颗珍珠。

孤旅

中秋之夜，我在丽江古城默默地转悠。

繁华的灯火上空，明月当头照着。这样的月，照了古人照了今人，照了旅人照了家人。那一刻，我只是个过路者，只能远远地观望，而不能进入。唯一能做的，就是不停地按动相机快门，不停地将美景、他人的欢声笑语取来，以烘干独身在外的那一抹孤清。

但我却是如此地沉醉其中，只因为：陌生总是吸引着我。我热烈地爱着陌生的面孔、陌生的小街小巷，觉得只有陌生的东西才会让我摘下面具，活得轻松自在，活得像自己。看来，人是注定孤独的。

那么，上路吧，面对湖光山色，面对绿肥红瘦，所有的浮华，皆不在；所有的恩怨，皆遁去。

今夜，我愿孤独地醒着，然后，孤独地启程。

不问

  常常，我们会发现，语言在某时某刻，就成了失控的分子，而日子，则变成静止的、向下的，满掌的水珠，总是不经意间就蒸发掉了，轻烟般似有若无。

  所有的，都在隔岸，宿命、玄妙、深奥，或者，等待、观望，不动声色。

  虽然知道，你在，一直都在，即使是以另一个名字存在。

  但是，仍然，且是唯一能做的，就是：不问，静观！

  如漂泊者，对着心中的圣地眺望，珍藏夏天最后的一丝清凉。

我们的内心

我们在明处,但我们的内心,却有一块阴凉的角落,安放着无法开出的花朵;

我们在暗处,但我们的内心,却有一束温暖的光线,照亮着远方冰冷的道路;

我们在盛世,但我们的内心,依然听得见上个世纪、上上个世纪的动荡不安。

多元化的今天,一切都是莫测,一切都是高深,孰轻孰重已没多大区别。

唯一要做的,是时时擦拭我们的眼睛,以及蒙尘的心。

沉静，沉淀

沉静，沉淀，然后，安静。一些文字，浮上来，又沉下去。
其实，某些融入，是以孤独、寂寞来作为代价的。
深知其背后的寥落，仍前行，且敬畏着内心的向往。
尼采感到痛苦，是因为他拒绝接受他人的安慰：上帝与"不朽"。
而我的痛苦，则是：
现在，梦越来越少，是被什么人偷走了吗？

有些美好是无法复制的

　　不敢说读的文字多，不敢说走的地方多，更不敢说阅的人多，却深知，红尘中，有些美好是无法复制的。

　　神仙派也好，逍遥派也罢，清晨或黄昏，独自品茗时，内心的柔软时光，就像蔷薇的芬芳，安静内敛，淡雅缤纷。

　　走得最急的，总是最美的时光。

　　人与人、与物，皆是缘起缘灭，缘缘不断。

　　那么，何不做个赏心悦目的女子，在生命的火堆前取暖？！

纠结，辗转

醉过方知酒浓，爱过方知情重。可是，弦拉得太紧，总有一天会断；情看得太重，总有一天会失去对方。

这道理谁都懂，可就是有许多人，不由自主地、莫名其妙地紧张着、纠结着、辗转着。很多时候，懂与做是矛盾的、对立的、不可调和的。

只能时时用那句话来安慰：与有情人做有情事，莫问是缘还是劫。

但，这世上有几人是真的莫问？又有几人真的做得到？若果真做到，怕也是情淡了、爱尽了，只剩一杯回忆的酒了。

换了我，宁可紧张、纠结、辗转，也不要情淡了、爱尽了，只剩一杯回忆的酒。不过呢，再想想，紧张着、纠结着、辗转着又如何？

情在，他自在，你亦在他心里，是他爱的唯一。

情不在，想得再多，也是没有用处的，不如华丽转身，另起一行。没有谁是谁的永恒。

明天依然是美好的，太阳依然是温暖的。或许在哪个拐角，你会再次遇到一束热烈的目光。

娑婆

　　有些人事，是简单还是复杂，取决于看的这个人是简单还是复杂。
　　心灵的重负不必太多，简单即是美。
　　窗外，雨声淅沥，一个人安静地听音乐，读书，写字，想一些久远的物事，合掌祈祷。
　　心静，心清，心净，才可以看见最细小的东西。

恰好地寂寞

满眼的绿,醉醉的。清新的风,柔柔的。一些农人在田地里劳作,他们弓着的背影,撑破了春天的呵欠。

远远近近的树上,都有鸟窝驻守,或顶端,或中间。鸟们在蓝天下、田野里、水面上穿梭着,成了公路边的一道特色风景。

而鸟窝与鸟窝之间,总是隔着几棵树。放眼望去,你根本看不到相邻的两棵树枝上筑有鸟窝。

难道鸟们也知道要有独立的空间,在寂寞与热闹中和谐地生存?

猜测中,就见路两边有零星的黄色,直扑入我的眼中。

油菜花开了,是油菜花!

惊喜中,忙将窗玻璃摇下。使劲嗅,却无香,也不茂盛,只慵懒地、漫不经心地立在田埂边、河沿上。这些金黄色的色调,将温暖的往事从久远的经年扯来,一些渐逝的声音便在这个春风沉醉的下午缓缓打开,如掐下的小小菜花,寂寞地开在我的掌心。

哦,春天,一切都以飞翔的姿势出现,我要走近你、注视你。

停止,或者,仰望。并恰好地寂寞着。

第四辑　写给萌娃，你是人间四月天

谢谢你来

下了一天的雨，不知道何时停了，楼下的小径上落满了枯黄的叶子，被雨水浸泡过后，竟变得鲜艳夺目起来。或许，是生命即将凋谢时最后的灿烂吧。此刻的叶们，是快乐还是痛苦？是欣喜还是彷徨？对此，我无法判断，亦无法揣测。

而你，冉冉，小小的人儿，或许与天地万物对得上话，可你，却深谙不可说的道理。因此，每每与你对视时，你总是许我一丝神秘的微笑。

深秋季节，草木已衰，雨水易感。这个时候，上苍将你赐予我们，如同光，如同火焰，令我们置身于葱茏的五月，大地是欣欣然的，瓜果是欣欣然的，雨水是欣欣然的，甚至空气都是欣欣然的。

亲爱的冉冉，在你不可捉摸的微笑里，我发现时光之手已成为一种虚无，风吹不动它，秘密越来越多。恰如你的未来之路将充满未知，希望你能通过热爱、懂得、执着，最终成为自己想成为的那类人。

谢谢你来，虽然我们分别了那么久；谢谢你来，让我再一次触摸到软柔。

慢生活

这两天的朋友圈,大部分都是在调侃雾霾,甚至有勇者到户外锻炼、跳广场舞。所幸的是你还小,只要待在自己的小床上,就可以营造出一份天堂般的玫瑰日子。

而如我等之人,只能被动地承载着负荷,在失去阳光的无奈和担忧中讨生活。曾经的晴朗天空,现在,我只能在你清澈的眼眸中才能看到。

明天是冬至。冬至,又称为大冬,一般是在农历十一月,公历12月21日至23日之间。冬至这一天,在我的城,有"大冬大似年"的说法,还有"大冬圆子小冬面"的讲究。所谓小冬,是指大冬的前一天,早上要吃面条,意喻长命百岁。而大冬吃圆子,是和正月初一吃汤圆的习俗相一致,取团团圆圆之意,由此可见大冬的重要性了。

这种社会习俗,说白了就是"过了冬,长一葱",从冬至开始,日头一天比一天长了,休养一段日子后,将迎来新一年的春耕。这个休养时日,我以为就是该停下匆忙的脚步,放松身心,好好享受一下生命的美妙,免得让灵魂和脚步在红尘中迷失了方向。

其实，对于慢生活，冉冉，我一直是向往的。希望能在长长的午后，有古琴之音流泻于屋子的每个角落，沏一杯花茶，点一支沉香，在袅袅轻烟中，静坐书房，打开心仪的书籍。如果老天爷再眷顾点儿，就让窗外下着清凉凉的小雨，雨点不必大，只要听得见屋檐下的滴答声即可。

写到这儿，想象着小冉冉也许又会皱起眉头看着我，就像看着外星人一样，我就不禁笑了起来。是啊，生活在物欲横流的今天，我还在做着不切实际的梦。但是冉冉，慢生活，不代表懒惰，不代表丧失斗志，而是努力在工作和生活中找到平衡点，不至于因为快让许多美好事物与我们擦肩而过。

小冉冉，请从现在起，跟随我，进入慢生活的状态吧！

欢喜心

岁末年初,许多人都喜欢回望、总结、憧憬,无论是得失、喜悲、努力与否,每个人都会收获一份属于自己的果实。

这一年,大至国家,小至个人,众多观念在悄然发生着变化。有许多事情,我们无力改变、无法改变,唯一能做的,就是做好自己。生命的长度我们无法控制,但生命的质量,我们是可以把握的。其实,对普通百姓来讲,能自由地行走,健康地活着,与家人心生欢喜、感恩,便也胜似天堂了。

亲爱的小冉,这两天气温在回升,据说明天最高气温将达到15℃。车库前的结香树,花蕾早已挂满枝头,朵朵低垂着,似害羞的少女在编织一个又一个美丽的梦。到了春节前后,冉冉,你如能回来,便会看到红褐色的枝丫上绽放出一簇簇呈半球形的花,淋漓尽致地张扬着生命的力量。每次看到结香花,我总会沉迷其中,如流年中的爱情,绵绵的满足,小小的欢喜。

当然了,于我们而言,这一年最丰盛的收获,便是你的降临了。你洁净的脸庞、清澈的眼神,你的哭你的笑,时时牵动着我们的心,令我们看不够、说不够,令我们的内心更加柔软、更加坚强。冉冉啊,你要记住:生命的喜悦,原是——懂得,遇见,热爱,以及执着。希望我们每个人,都能用欢喜心、感恩心,成就生命中的一场华美。

每一个生命都有差异,每一个生命都是风景。

无论远近,风景都等着与我们重逢。

无论黑白,年华都会老,且行且珍惜。

听音乐

　　这些日子，天一直晴着，暖暖的冬阳让人感觉不到寒风的刺骨。
　　因为重感冒，我一直宅在家中，除了听听音乐，就是翻看你的照片、视频。前两天，你爸爸发来一个秒拍视频，只见你乖乖地仰躺在爸爸的怀里，两手被爸爸握着，随着音乐舞动着小胳膊，仿佛在打着节拍，双脚也在被子下面跟着节奏动来动去。冉冉，你这个萌样逗得我们乐不可支。想不到，一个小小的生命，竟然如此地牵动着我们所有的感官，给我们带来意想不到的乐趣。
　　不过，对于你这个出生才四十多天的小人儿初现音乐细胞的现象，我们并不觉得意外。因为你在妈妈肚子里时，你的爸妈就常常在家合奏，一个弹吉他，一个弹钢琴，时不时还高歌一曲。每每这时，我就喜欢坐在沙发上，任思绪浸在或熟悉或陌生的旋律中，沉浮再沉浮，无法旋出。
　　记得多年前在郑州，去嵩山看了一场禅宗少林音乐大典。夜晚的嵩山峡谷清冷静悠，山头上的灯光在夜幕下一闪一闪，似星星般令我们惊奇。当古琴曲《花流水》的旋律响起时，坐在蒲团上的我只觉有一股清流注入心田，生命中的大美皆成禅意。禅宗是不著文字的，它讲求的是顿悟。而音乐，便是表现禅境的最佳方式。

所以啊，好的音乐是可以令人平静、忘忧的，还可以令浮躁的心渐如溪水，清澈，缓慢。圣桑曾说过这样一句话："音乐能说出非语言所能表达出的东西，它使我们发现我们自身最神秘的深奥之处，它能传达出任何词不能表达的那些印象和心灵状态。"

这种心灵状态，就是由感情滋养出来的，情感—心灵—音乐，对，还有绘画，也是这样的。所以，文学、艺术这四个字总是联系在一起的。

小冉冉，愿音乐伴你成长的每一天，等你到了一定的年纪就会明白，让一颗心长久地浸在音乐中，人生会变得更加滋润、更加有品位，那些从黑白键中飞出的音乐会如鸟儿一样扑扇着翅膀，从我们的心灵中穿过。

人间四月天

清明节，又叫踏青节，一般是在公历 4 月 5 日前后，与春节、端午节、中秋节并称为中国四大传统节日。描述清明节的古诗很多，最著名的是杜牧的"清明时节雨纷纷，路上行人欲断魂。借问酒家何处有，牧童遥指杏花村"。

四月是残忍的，因为清明节是祭祖和扫墓的日子。在清明将近之时，人们便开始忙碌，叠上成箱的锡箔，买来鞭炮、冥钱、鲜花，做好逝者在世时喜欢吃的菜肴，穿过半人高的油菜花地，浩浩荡荡地前往墓地。但，此时的悲伤，往往是成年人的，小孩子们并不懂得。在他们有限的认知里，死，是一个无法理解的词。

随着清明的到来，气温开始升高，阳光逐渐明媚，花儿也竞相开放，故而民间还有踏青、荡秋千、放风筝等活动。因此，四月又是可爱的，云烟、细雨、花红、草绿、喜悦、期待……没有哪个季节能像四月一样，有着丰厚的意蕴。

冉冉，现在的你还是个小小婴儿，不能像大孩子那样去田野、溪边撒野，所以还无法领略到"久在樊笼里，复得返自然"的那份畅快。明年这个时候，如果你能去乡下，将会看到乡间小道两边，麦青花黄，泥土味、草腥味、菜花味，不断地刺激着我们的视觉、嗅觉，而那些叫不出名字的野花草，在风中快乐地招摇着，沉湎在自己的天地里。于是，神清气爽中，不由得感喟：先人们真会选地方，既然活着不能诗意地栖居，那就百年后诗意地安息吧。

看着河对岸被菜花环绕的小屋，想起作家萧红的一句话："忙着生，忙着死。"是的，一个人有一个人的时代，一朵花有一朵花的天堂，生生死死间，不灭的，想必是对生命的虔诚与信仰，无论这生命是高贵的，还是卑贱的。

生如夏花

立夏时节，视力所到处，皆是满满的绿，那么地清凉，那么地舒畅。

百度上讲：立夏为二十四节气之一，"斗指东南，维为立夏，万物至此皆长大，故名立夏也"。此时，太阳到达黄经45度，气温逐渐升高，雷雨增多，农作物将进入生长旺季。

在老家，冉冉在立夏这天是要吃鸡蛋的。据说从立夏这天起，天气晴暖并渐渐炎热起来，许多人尤其是小孩子，会出现身体疲劳、四肢无力等症状，进而食欲减退逐渐消瘦，此现象称为"疰夏"。如果立夏这天吃了鸡蛋或鸭蛋，就可避免"疰夏"了。

记得我小的时候，吃完早饭后，会将大人煮熟的鸡蛋装进母亲用棉线扎成的网兜里，再将网兜挂在脖子上，然后出门，与巷子里的小朋友们比试：一是比谁的鸡蛋个头大；二是比谁的鸡蛋多；三是碰蛋，谁的鸡蛋最先破，他就算输了。无论比试的结果如何，我们都是兴奋的开心的，那份率真的童趣，是现今的孩子们所无法体会的。

进入五月，麦子已长至人的半腿高了，绿油油的，风过时摇头晃脑。

油菜花也没了先前的那份热闹、肆意，在与尘世渐进的疏离中，每颗菜籽都显得饱满、沉甸，涨满了飞翔的灵性。木栅栏上的蔷薇花则快乐地在风中招摇着，放任地沉湎在自己的天地里。

　　一切的一切，都在蓬勃地生长着。而冉冉你，也如尘世的作物，竭尽全力吸取天地之精华，令我们来不及感叹生命的神奇。希望在未来的岁月中，你的笑容如夏花般灿烂，你内心的梦想永远保持飞翔的姿势，你的胸中充满温暖的光，只为遇见更美好的自己。

远方

　　动笔给你写这封信之前,我正在格图上翻看去年在青海游玩的照片,那时的你还在妈妈的肚子里,现在,你已来到人世间七月有余,是一个爱笑、已上幼儿园亲子班的小小女生。

　　在长长的生命旅途中,不断会有远方的风景、陌生的土地牵引着我们的视线、我们的身心,相信总有一天你会踏上那片土地,仔细咂摸不一样的风土人情,用心品味一路的震撼与感动。擦肩而过时,没有人知道我们从哪里来,也无人知晓我们将要去哪里。一次又一次的行走与抵达让我们懂得,生命如春风十里,清凉自在,不容辜负的,唯有时光和美景。

　　诗人海子说"远方除了遥远一无所有",冉冉,我不想过多地来阐述这句话的含义,只希望长大后你能记住:真正的远方永远在流动,而生命的漫游,归根结底其实是心灵的流浪,它将会令我们的视野、心胸变得阔大、柔和,变得坚强、有韧性。

　　遗憾的是,有许多人,终其一生,囿于熟悉的风景,而不敢踏上未知的前途。

当然，这也是一种生活方式，但对一个不甘平庸的灵魂而言，必不会欣赏，更不会首肯。

此刻，格桑花正在湛蓝的青海湖边上妖娆地怒放着，冉冉，你看到了吗？

秋天是一个质朴的季节

　　立秋，是秋季开始的节气。古代将立秋分为三候："一候凉风至；二候白露生；三候寒蝉鸣。"意思就是说，立秋过后，刮风时人们会感觉到凉爽，此时的风已不同于暑天中的热风。之后，早晨会有雾气产生，秋天感阴而鸣的寒蝉也开始鸣叫。

　　而秋天渐进的过程，首先是从色彩开始的。冉冉，如果你去郊外，将会看到大地上各种植物的缤纷色彩，一层叠一层，层层叠叠的，是秋天的心情故事。时间停不下来，秋天的快乐、秋天的悲伤也停不下来。稍不留神，秋天连气味都会泄漏出来，暧昧不清着，随时可以抚慰世人无从着落的心。

　　葡萄牙作家佩索阿说：秋天不是在世界里，是在我们内心中开始的。每一个秋天都让我们更接近我们最后的那个秋天。

　　只是，植物比人安静，更接近自己的内心。它们知道，秋天将用它温和、不容置疑的目光带走一切。因此，植物们才开得如此灿烂，如此肆意，如此不管不顾，如此更像一株植物。而这，将是一种至高无上的绝响啊！

可惜自古以来，文人雅士提到秋天，总喜欢与离愁、萧瑟、凄风苦雨等词语联系在一起。可是冉冉，我分明看到秋天是一个质朴的季节，不仅仅是天高云淡，不仅仅是稻谷金黄，而是它呈现在世人面前的，有一种别样的静美、空旷及寥落，它让我们的内心更接近大地，更接近本真，更接近瞬间。而瞬间，便是永恒。

《圣经》中说："喜乐的心，乃是良药；忧伤的灵，使骨枯干。"因此，拥有欢喜心的人，眼中所见皆是喜。

冉冉，希望你亦如是！

生命的水井

此刻,天色已经微暗,被秋雨浸泡过的天空,呈现出空旷的安详。碎碎的雨声,打在窗檐下,犹如你的小手按在琴键上,急促的快速滑过,那份杂乱,那份无章,听起来竟然也很美妙。

除了美妙的旋律,现在的你,还有一个可爱的动作,那就是两只小手按着书页,聚精会神地翻看书中的文字或图片,甚至有时还将整张小脸深埋进书本中,用鼻子使劲地嗅着墨香。那专注、认真、虔诚劲儿,常令坐在一边的我汗颜,继而莞尔一笑。没想到,来到人世才十个月的你,竟然这么喜欢墨香、喜欢阅读,虽然不识字,但并不妨碍你有阅读的兴趣。

书籍,不仅是人类进步的阶梯,也是增长智慧的钥匙,更是我们了解世界的一个快速通道,以及我们丰富人生的重要途径。或许读书不能给我们带来物质上的便利,却能令我们的人生得到改变、学养得到提升、视野变得开阔、处事变得从容。

阿根廷作家博尔赫斯说,文学在他的一生中,意味着幸运和幸福,对他来说，被图书重重包围是一种非常美好的感觉，只要一挨近图书，他就会产生一种幸福的感觉。

冉冉，人的一生很短，又很长，在这长长短短的人生中，唯有文字不会背叛，它们会不离不弃，静如处子，等着我们随时去打开、靠近、捡拾。

而阅读中的女子，更是美丽、可爱的，有着一种别样的气质。每当你嘟着小嘴，神态憨掬地翻起书本时，我就会想起《小王子》中小王子说的那句话："使沙漠显得美丽的，是它在什么地方藏着一口水井。"是的，对一个才十个月大的婴儿而言，汉字肯定是不认识的，但我却坚信，古老的方块字早已成为你生命中的一口水井，它们就藏在你小小的脑袋瓜里，随时蹦出来，供你吸吮。

冉冉，愿阅读永远赋予你灵性之光，使你直抵纯粹的精神家园！

落叶如歌

又是深秋。窗外的树叶，绿了又黄了。面对落叶，人类总是不那么淡定，喜欢发出一些忧伤的调子。但在落叶的世界里，叶却从不回头，从春天到秋天，又从秋天到冬天，义无反顾地前进着、飘落着。秋阳从枝叶间倾泻下来，洒满一地的斑斓。簌簌的声音，从回旋的节奏中散发出来，仿佛在吟诵：大地啊，爱我吧，也让我爱你吧！

是的，爱我吧，也让我爱你吧！所有爱着的，无论是自然界，还是人类，都洋溢着香气，如一首歌，让我们更加从容地走近生活，慰藉着未来的岁月。我们可以放弃很多，但却从未抛弃爱和希望。

金黄色的秋天，是收获的季节，登高的季节，更是放歌的季节。再过二十天，冉冉，你也将收获生命中的第二个岁数——两周岁！从呱呱坠地到牙牙学语，如今的你已是一名幼儿园的小女生，会唱会跳会数数字，会发出"这是什么""它们在干吗"的疑问。面对落叶，你有的是欣喜、开心，你会捡拾起各种颜色的落叶，从中挑出一大片黄叶，宝贝似的高举着，说是要送给赶来看你的爷爷。

到家时，你已沉睡，但那片叶子却被你握得牢牢的。轻轻地抽出来，叶柄上还留有你暖暖的体温。这就是爱啊，是一个小小孩子回馈给祖辈的爱。虽然无声，却被护送到高处，纯粹得如秋天的气息，万里无云，清凉自在。

而你，则继续熟睡着，那微含着笑意的嘴角，仿佛在唱一首"让我爱你吧"的欢歌。

小雪人的妈妈在天上

新年的第二场雪飘飘洒洒时,我们还在睡梦中。不知道那一瞬间,冉冉,你是否醒来过,静静聆听大自然春天般的问候。

晨起,拉开窗帘,只见雪花还在密集地落着,恰似仙人失手,将装满雪花的银盘倒扣下来。很快,天空、大地、屋顶便成了白茫茫一片。看着自在飞舞的雪花,白乐天的"琴诗酒伴皆抛我,雪月花时最忆君"的诗句便浮现出来。雪天最美好的事,大概就是围着火炉,就着红酒忆君了吧。

此刻,我忆起了你,冉冉。好想再次牵着你的小手,到室外堆雪人、打雪仗,让一颗渐老的心,在你纯净的笑声中变得快乐、透明起来。

雪花铺满院落,小小的你一直跟在大人后面忙碌着,用小铲子铲着地上的雪,小鼻子冻得通红,帽子、围巾都搁在一边的长椅上。面对堆砌好的小雪人,你没有像大人那样兴高采烈,而是瞪着一双纯净的黑眸,在小雪人的身边左顾右盼,说找不到妈妈了。原来,你觉得小雪人怪可怜的,要替小雪人找妈妈。阿婆问你小雪人的妈妈在哪里,你思考了一会儿，突然用手指着天空，大声说小雪人的妈妈在天上，然后回转身抱住小雪人开心地笑了。

哇，小雪人的妈妈在天上！这答案，好诗意，好美好，又好简单呀！都说内心有什么，眼中就有什么。心净，心清，才可以看得见最细小的东西，才可以拥有充满诗意的想象力。心灵的重负不必太多，简单即是美。可如今，这份诗意、美好、单纯，恐怕只能由清洁的孩子完整地体现出来。

灰蒙的天空下，雪花越发密集起来。此刻，我在宣纸上随性泼墨，陪伴我的，是你开心的笑声，以及"小雪人的妈妈在天上"的稚嫩嗓音。

鱼鹰

早春二月的阳光下,一切都显得生气勃勃,沿河的柳树不经意中就被春风剪出了嫩芽,河滩的黑土也已松动,一些鸭子浮游在水面,令人想起"春江水暖鸭先知"的诗句来。街头的大姑娘小媳妇们,一夜之间都变得苗条水灵,令世界生动、丰富起来。

走上桥端,视线被河里的一条小船吸引,船尾的渔妇划着两桨,船头的渔夫则将手中长长的竹篙伸进河里,围在船舷周围的,是十余只黑色的水鸟。篙起,就会有水鸟先后钻出水面立在上面,它们的喉囊鼓鼓的,原来长长的脖子里是有鱼的。只见渔夫抓住水鸟的脖子,把吞进的鱼挤出来,然后又把水鸟甩进水里。

冉冉,虽然你在公园中见过许多鸟,但这种水鸟你肯定没有见过。水鸟,顾名思义,就是在水边才能见到的鸟!这种会捕鱼的鸟,学名叫"鸬鹚",俗称"鱼鹰"。我们小的时候见得多了,最近几十年,由于人类的干扰、生态环境的恶化,这样的捕鱼方式已是鲜有了。冉冉,不知道等你长大后,这种水鸟是否还能鲜活地存在。

越来越多的东西,正与我们渐行渐远。我们唯有怀念,别无他法。

读到三首诗

今天,是你离开我回南京的第 16 天。从你呱呱坠地,我俩就基本上生活在一个屋檐下。如今,固有的生活被打乱,我又成了自由人,一下子竟觉得失重起来。难道真是习惯成自然?而与你这样长久的分别,似乎还要继续下去。

于是,我读书、画画、写作,努力将自己的业余时间填得满满的。然后,就读到三首诗,其中两首是波兰的切·米沃什的《窗》《礼物》,一首是英国的兰德的《生与死》。

> 我和谁都不争,
> 和谁争我都不屑;
> 我爱大自然,
> 其次就是艺术;
> 我双手烤着,
> 生命之火取暖;

火萎了,

  我也准备走了。

  兰德这首美丽的小诗,是他在 75 岁生日时写的。杨绛先生很喜欢,将它翻译成中文,并做了她晚年的散文选集《杨绛散文》卷首的题词。

  想起普希金的一句诗:"忧郁的日子里要心平气和。"

  说得真对呀,忧郁的日子里要心平气和。不过呢,心平气和,又岂止是在忧郁的日子?幸福时,失意时,都应保持这样的心态。而活在当下,活出自我,活出本真,不欺心、不诈人,当是最重要的。

  这世上有三种东西,是上苍派来帮助尘世之人的,那就是:自然、艺术、朋友。

  冉冉,你要记住,朋友是得靠缘分的,对生命有深切的参悟与体验,将会使我们每个人都变得强大而有尊严!

感恩

中午,收到友人的短信,才知今天是感恩节。

冉冉,虽然这个感恩节是外来节日,但我认同它。尘世之人,要感恩的东西真是太多太多了,大到国家、父母、老师,小到爱人、朋友、邻居。

感恩国家,面对这个有着悠久历史的文化大国,我们为身为中华儿女而庆幸、自豪;感恩父母把我们带到世上,前世的缘分使我们成为一家人;感恩老师,甘做园丁,教我们识字做人;感恩茫茫人海中,与相爱的人牵手走上红地毯;感恩缘分,让我们相遇相知,成为一生的朋友。

现在,我感恩的名单中又增加了一个你,冉冉,是你的降临,让家族的生命得以延续,是你的笑声,洗去了我的疲惫,是你的黑眸,让我看到了纯真、洁净。

冉冉,生活中有苦有甜,有酸有辣,有哭有笑,有爱有恨,但是啊,如果我们每个人,于静寂的午夜,把要感恩的都梳理个遍,虽然看似凌乱,但在橘黄的光线里,却会变得越来越清晰,如一些往事、一些脸孔、一些对话、一些声音,以及那些绽放在心之深处的花。

这样的人生,才不枉来世一遭!

风筝

广场中心，许多小朋友在放风筝，有蝴蝶、燕子、蜻蜓等动物风筝，还有汪汪队、小猪佩奇等卡通风筝，它们五彩斑斓，各行其轨，令偌大的天空充满了灵性和生机。

这样的季节，这样的场合，冉冉，你永远都不是一个旁观者。你手拿风筝轴线，不停地在广场绕着圈子，不一会儿风筝就飞了起来，可惜没飞多久就一头栽到地上。你停下来，没有哭鼻子，而是学着那些小哥哥小姐姐的样子，调整手中的轴线，再将胳膊举得高高的，开始又一轮的狂奔。终于，风筝飞了起来，高过你的头顶，风筝的三条彩带在阳光下随风舞动。蓝天下，你清脆的笑声似乎在昭示着你的坚持和不甘。

记得我小的时候，大街上难得见到这些五颜六色的风筝，更多的是家长和孩子们手工做的简易风筝。在物资匮乏的年代，再丑陋的玩具在孩子的眼里都是无可比拟的。看着在蓝天下高高飞翔的风筝，我们年轻的心仿佛也随之放飞到九霄云外。

渴望飞翔是人的梦想之一，而放风筝就是表达梦想的一种形式。小小的你可能不明白，飞翔的梦想其实是一种不可穷尽的梦想，放飞的过程中，随时会有意外出现，它的轨迹，很多时候并不是由你手中紧握的丝线说了算。

　　冉冉，希望将来，你在放飞你的人生之线时，还能保有此刻清脆的笑声、狂奔的步伐！希望每个人的头顶都有一片属于自己的蓝天！

温柔是一束光

　　转眼又是阳春三月。大自然的景色，分明已是桃红柳绿，这是一年中最美好的季节。就像冉冉你，周身散发着勃勃生机，小嘴如鸟儿叽叽喳喳，笑声一会儿在室内，一会儿在庭院，一会儿又在窗户后，惹得众多双眼睛跟着你的笑声转个不停，而你却浑然不觉。或许你也觉察到了，故而笑得更加理直气壮肆无忌惮，那银铃般的笑声，滚过屋前的小河，令小鸭子荡出几行波纹。

　　尤为精彩的是，你跟邻家小姐姐一起玩耍，不但不怵，反而跟小姐姐争高低，叫声更是盖过了小姐姐，还连说三遍"我赢了"，仿佛多说几遍就真的是你赢了。

　　都说有人的地方就有输赢，可才 27 个月大的你并不明白输赢的意义，你只不过是遵从内心的本真，而且晓得要在气势上压倒对方。你这无知者无畏的表情，活脱脱应了辛弃疾那句"最喜小儿无赖"的诗句。

　　吵归吵，你和小姐姐仍然玩得乐此不疲。在又一个回合后，你侧身低头，对蹲在地上的小姐姐说："不要吵架了，知道吗？"那温柔的语气，循循善诱的口吻，令春色黯然神伤，令小鸟百转千回，令我们在你这悦耳的声音中更加开心。

多少未知的场面，都因一句有表达力量的话语而消遁。温柔是一束光，是一种力量，是一个灵魂贴近另一个灵魂最快的路径。当一个人的内心充满爱的时候，他的分贝是会往低处生长的。

偶像

没想到,一个才两岁半的小娃娃,竟然也有了自己的偶像。这个偶像,既不是动画片里的兰德,也不是幼儿园里的老师,更不是一起玩耍的小哥哥小姐姐,而是一个专卖店里教滑轮的青年小伙子。因为年纪太小,现在的你还不能学滑轮,但你仍然和别的小朋友一样,称他为"朱老师"。

每次去外婆家,你总是先去专卖店跟朱老师打个照面,离开时,也必定要去跟朱老师道声"再见"。到店里后,见朱老师忙碌,你便安静地坐在一旁,亮晶晶的瞳仁跟随着朱老师的身影,也不提要去游乐场玩的事了。晚上倘你不肯入睡,只要说声朱老师已经睡觉了哦,你便会乖乖地闭上眼睛。对不喜欢吃的食物,只需说,吃了个子才能长高,朱老师才能教你学滑轮呀,你便张开嘴巴大吃起来。当问及是爸爸能干还是朱老师能干时,你会毫不迟疑地回答"朱老师能干"。

种种迹象表明,朱老师俨然成了你的偶像,虽然你还不懂得偶像的含义。

少女时代的我，偶像是作家泰戈尔及冰心先生。那时候，我对语文不感兴趣，但却喜欢看课外书，两位作家描写大自然、母爱的细腻、温柔的吟诵文字，给初涉人世的我提供了一片做梦的绿洲。后来，我的偶像又成了台湾女作家三毛。在偶像的引领下，我不再满足于单纯地看，而是悄悄地拿起笔，然后悄悄地按照报刊的地址寄出作品。如今，读书、写作已成为我的一种生活方式，那些文字也已成为我生命的一部分。

一个人，一旦心中有了偶像，也就有了动力及努力的方向。所谓偶像，原指一种为人所崇拜、供奉的雕塑品，比喻人心目中具有某种神秘力量的象征物，也指一种不加批判而盲目加以崇拜的对象。才两岁半的你，竟然也有了崇拜的对象，这确实有点出乎我们的意料。当然，在成长的过程中，偶像也会随着时间、年龄的变化而变化，但是，不管处在哪一阶段，如果偶像能在生活中发挥正能量，那无疑是要大力提倡的。

快乐自己

这个下午，面对盛开的凌霄花，我能想起来的词，就是：简单、快乐。

每年的农历五月到秋末，是凌霄花盛开的季节。多年前，舒婷曾在她的《致橡树》中说"我如果爱你——绝不像攀缘的凌霄花，借你的高枝炫耀自己……"。凌霄花并不知道有诗人如此形容，攀缘也好，炫耀也罢，它只一味地活在自己的天地里，不管不顾地俏立枝头迎风飘舞，小小的身子努力地向世人昭示它的存在。说真的，我并不认为凌霄花是在攀高枝儿，它依傍树木生长，谁衬托谁，还真说不准。

都说人来世上一遭不容易，于植物，也是同理。这个世界，有着我们所不知的宁静和芬芳、沉重和复杂，太多的有形或无形，世俗的或精神的，将我们层层围裹，于是我们常常被带入复杂的世界。而"简单""快乐"这两个词，很纯粹，也很质朴，仿佛触手可及，就像我们走路时，只要你高兴，随时可以放开嗓子喊几声，然后再眯起眼睛抬头看天，低头跺脚。

想起那位学画油画的老奶奶，芳龄七十有五，退休后开始学画，先是在老年大学学国画，后来又到及物空间学习素描、油画。对她而言，油画是零基础，为了圆儿时的梦想，老人克服一切困难，风雨无阻，每天都是天黑了才离开。有游客问她，这么大年纪，在画板前一坐就是一天，累不累？老奶奶握着画笔，边画边神采飞扬地说，不累，时间都不够用呢，快乐之情溢于言表。现在，老奶奶已成了及物空间的一张活名片。所以，永远都不要说晚，只要坚持，花自会为你开放！

又想起多年前在北海公园，一座九曲回廊的亭子间，几个六十岁左右的老人手持吉他、小提琴、箫、口琴，围观的群众随便点个什么曲名，他们都能即兴弹唱。我点了首《梁祝》。拉小提琴的老人微笑着，边拉琴边围着我转，还一个劲儿地邀请我唱歌。开始我以为他们是哪个歌舞团的，后来听围观者说，老人们都是某工厂的退休工人，闲来无事，便相约操起年轻时的爱好，自娱自乐，而且都已年逾七十岁了。

冉冉，尘世的欲望很多，唯有与简单、快乐相伴，才能活得清澈、自信，才能任世间浮华如过眼烟云，才能在花前月下如自在飞蝶。

这是我爸爸

电视柜上放着一本定制的2019年特警台历《时光印记》，365张照片，记录着民警们的汗水和努力、欢笑与幸福。春节前收到后，因事情多，也没细看每张日历上的照片，就随手搁在了柜子上。

某天，你趴在电视柜上半天没动弹，原来是在盯着一张日历。我觉得奇怪，就问你干吗老是看这张啊，你便用小手指着上面的一个警察，大声地说"这是我爸爸"，果真是！随后，我照样将日历更新。直到你撕下一张日历，期期艾艾地说"我找不到爸爸了"，我才重视起来，赶紧将日历翻回到印有你爸爸照片的那一张。从此，只要家里有人来，你就会指着日历说，"这是我爸爸，只是他的工作有点忙"，语气中是满满的自豪、开心，以及你内心的那份依恋。

几天后，你爸爸发来一段打枪的视频，你看了一遍又一遍，突然说"我长大了也要打枪"，爷爷问你长大后做不做警察，你没有半点犹豫，立即爽快地回答说做。

爷爷不由得忆起你爸小时候。有一次，他带你爸在街中心散步，一列巡警队驾着摩托车从身边驶过,你爸挣脱他的双手,紧追几步,大声叫道:"巡警队,你们好!"清脆的童音在散发着花香的夜晚一直传出很远。望着远去的巡警,你爸突然叹了口气,说道:"这些叔叔好辛苦,这么晚还没回家,我长大了也要当警察,好不好?"那时候,你爸爸五岁。

现在,你奶声奶气地说长大后也要打枪要做警察。作为警三代,你看到的是爷爷及父母身着警服的伟岸形象,也许潜意识中对警察有着莫名的向往,但是冉冉,你对公安事业并不了解,也不知道警察这个行业的辛苦及可能面临的危险,可能只是单纯地以为警察无所不能,并不懂得"责任"二字的重量。你爸小的时候,你爷爷总是忙于工作,难得在家陪他玩耍。而你的爸爸妈妈,比你爷爷那时候还要忙,因为新的形势赋予了公安新的任务。

你爸妈和爷爷一样,对待工作更多的是兢兢业业、勤勤恳恳,这是因为他们对警察职业有着执着的追求和深深的热爱。相信随着年龄的增长,你看到的将不再是爷爷和父母身着警服时的潇洒,而是他们舍小家顾大家的奉献精神。当你对这份职业有了更多更深的了解后,你的崇拜将转变为敬佩,那时候,你才有资格延续爷爷和父母的警察梦,并让梦想照亮前进的路!

每一个生命都是风景

环绕小木屋的，除了高耸入云的水杉，就是色彩斑斓的各种野花野草，它们在风中摇曳着，发出芬芳。

这些盛开的花儿，有松果菊、石蒜、黄秋英、金鸡菊、格桑花等，而石蒜，又分红、黄、白三种颜色。我们平时见到的红色石蒜，又叫彼岸花，是最有名的一个别称，在梵语中被叫作曼珠沙华。

佛经云："彼岸花，开一千年，落一千年，花叶永不相见。情不为因果，缘注定生死。"传说中，红色的石蒜是开在黄泉路上的花，是一种不祥之花，因寓意不吉利，此花没人敢养，故只能在荒郊野外看到。此花虽然寓意不吉利，但那红、那黄、那白在花丛中却很独特、别致，也很风流，轻易就能将人的眼球吸引过去。比如驻足观看的游客，比如我，还有小小的你。一踏上栈道，你就不停地说"这些花儿好美啊，我喜欢"，两手夸张地在空中挥舞着，小鼻子不停地嗅来嗅去，似乎要将花的香气悉数收入肺中。

一不留神，你窜进了花丛中，清脆的笑声和着夕阳的余晖，在水杉树林的叶隙中流动。风过时，一句话在我脑海中闪过："命运是不可改变的，可改变的只是我们对命运的态度。"就像这些石蒜，恰恰是孤独、疏离，才成就了它们的独特、别致——它们在大自然中活出了自己的模样，不求世人满意，只求对得起自己。

　　冉冉，每一个生命都有差异，每一个生命都是风景。大自然中，有些美，只为天地盛开，你来，或不来，它都一样，寂静，安然！

第五辑　人在旅途，一切因你而值得

渴望上路

喜欢浪迹由来已久。一个人拖着箱包，穿梭于陌生的城市，感受不一样的风情，在我，是最开心的事。这样的行走，我称之为心灵的流浪，很快慰，很幸福。

忽然就想，我的前生，该不会就是个云游四方的隐士吧？不然，何以喜欢在夜晚，一个人久久地凝视天空，就像向往爱情一样向往流浪？

杰克·凯鲁亚克说："我还年轻，我渴望上路。"

或许，我仍有一颗年轻的心。

北京日记

一

晚7点，我又踏上了去北京的列车。

北京，这座集古典、现代于一身的大都市，我曾多次前往，可每一次再去，仍是热情澎湃，就像去赴一场约会。行走在长安街上，我细小的双眸会突然有水雾涌起，一举手一投足均会变得柔媚、风情万种。

不知道这种变化始于何时，更不知道我的身上为何会显现出从未有过的女人味。穿行于枝枝叶叶间，我的脚步是悠闲的，心绪是散乱的，想起在鲁迅文学院共度四个月学习光阴的同学，以及过早逝世的翟兄，就会长长地叹一口气。

这样的忆，有几多幸福，就有几多伤痛。幸福显而易见，伤痛则只能在暗夜泅湿。多么想去怀柔一趟啊，可就是无法成行，唯有面北默默祷告。

还能有什么比让我们在时空的交错中相会更令人欣慰呢?
还能有什么比让我们到陌生的地方去疗伤更令人心安呢?

二

火车于早晨6:10左右到达北京站。在家时查了北京的气温,这天最低气温是4℃。可是站在北京站的广场上,并不冷,感觉温度与家乡差不多。想到我还多带了衣服,觉得有点可笑。

由此说来,尘世上的许多事,本来没什么大不了的,总是自己先吓自己。接下来,崩溃就是必然的了。

不过话又说回来,多带点衣服也好,这北方的天气到底与南方不同,万一突降寒潮,不至于惊慌失措。

因为辩证,所以想开。因为自我安慰,所以总是拖着累赘上路。

三

第一次读懂崇拜这个词。

所有的脚步,都在奔跑;所有的目光,都被点燃;所有的脸庞,都在渴望;所有的声音,都降到最低分贝。

这天风很大,气温偏低,不过阳光很好。风筝在蓝天上扶摇,旌旗在阳光下招展。来自世界各地的男人女人、老人小孩,似无数条龙,蜿蜒于天安门广场,一点一点地挪动,一点一点地向前。

面对前不见头后不见尾的队伍,我们每个人的身上都现出少有的耐心、谦逊、包容,以及摸不着但看得见的静气。

毛主席纪念堂,这座具有我国民族风格的方形建筑,南临巍峨的正阳门,北对肃穆的人民英雄纪念碑,枣红色花岗石砌成的高大基座上,屹立着44根花岗石廊柱，金色琉璃重檐屋顶在阳光的照射下，反射出耀眼的光芒。

拾级而上，缓步进入北大厅，注视着厅中央三米高的汉白玉毛主席坐像，我的眼睛莫名地就热了起来。按理说，我这个年龄的人是鲜有这种现象的。不知道我的身上还会有什么事情发生。那一刻，我竟无法掌控自己的情绪及身体。

只可惜，还未来得及看清水晶棺周围的布置，还未用心去感受历史风云的激荡，我就被人流裹挟着离开了。

站在出口处，回望不过停留了五秒钟的大厅，我不知道该如何形容那刻的心情。想想也确实如此，面对这么多的游客，有哪块角落，能容放你缓慢的思绪？又哪有时间，能容你尽情地瞻仰？

四

在南锣鼓巷，我一手举着羊肉串，一手举着鸡肉串，一会儿看看亮眼的帅哥美女，一会儿又掉头去品味惊艳的店铺，真恨不得再多长出几只眼睛来。那份慵懒，那份随意，那份风流，是我喜欢的。

说到风流，想起车前子一篇文章中的话，他说：风流是要本钱的，这本钱就是文化。

只是，现在有许多的文化已添加进了太多的调味剂。细细咂摸，有些遗憾，却又不能忘情。

至于烟袋斜街，与南锣鼓巷差不多，只是规模小了点，店铺啥的，看样子与南锣鼓巷是连锁的，都起着相同的店名，卖着同样的物件。

一直向前，就走到了后海。站在银锭桥上向西看，不见夕阳，唯见灰蒙蒙的天空。水是比较干净的，树大部分也是绿的，但地上落了不少的黄叶。行人走过，叶便翻飞起来，打着旋，然后，寂寂地落下。起落间,叶会不会头昏眼花?

沿河岸,是一家紧挨一家的酒吧、茶社,此刻皆沉默着。再过几小时,你来看,它们就都活了,盛宴总是在午夜达到高潮。泛上来的,究竟会是谁的柔山软水呢?

五

上午去了雍和宫。

到底是阿哥的府上,气派得一塌糊涂。

到底是全国规格最高的一座佛教寺院,门票上,印有这样的提示:"雍和宫庙管会敬告:虔诚礼佛,请燃三支香。"

俯仰之间,历史继续,江山继续。

老百姓也照样一日三餐,该干吗就干吗去。

中午,女友带我到位于地坛旁边的金鼎轩饭店就餐。饭店门口摆放着许多椅子,椅子上全是人,还有好多人或站或坐在花坛边上,每个人的手上都拿着一张白纸条。

女友嘀咕:吃饭还要排队吗?

我说,不可能吧,会不会是有什么活动啊?

走上前,听见拿着话筒的店小二在高声呼喊几号几桌。我的天,还真被她猜中了。

笑煞我也。这情形还是第一次见到。哎呀呀,不愧是北京,还有这样子吃饭的。

女友也笑,说这有什么奇怪的,北京嘛,什么样的事情不能发生?

后来我们找了家云南饭店。吃完后,女友将我送到北京火车站。我们没说再见,只隔着车窗,互相挥了挥手。

六

　　将行李箱寄存好后，就直奔前门。每次离京前，总喜欢到前门转转。也没东西要买，大概是习惯使然吧。

　　与去年去时相比，大栅栏商业街又新添了许多店铺。可惜，我常去的几家店铺格局还同原先一样，所卖物品竟然没什么变化。

　　因为爱着，所以希望它们如女子样，更水灵更饱满更丰润。

　　想去西单图书大厦，于是从前门乘地铁，坐两站到宣武门，转4号线地铁到西单。下地铁时，我是被人流裹挟着往前走的。

　　我的天，这地上的人，怎么全涌到了地下？不知平时的西单是不是也如此。

　　很庆幸，自己生活在小城市，拥有着从容的步伐和笑容。

　　火车是21：17的，足够我在书店里打发时间。

　　书架上摆放着我的书，欣喜得很。去年在王府井书店，也看到有我的书。这次去却没有见着，不知是不是卖完了。

　　用眼睛轻抚着每一本书，有怜惜有知遇。不管买不买，都与我的眼眸有缘。

　　有车前子刚出的《册页晚》，抽出一本。没看到朋友的书，也许是我的眼睛不够用，朋友的书成了漏网之鱼。后来告诉朋友，他似乎很是受伤，一再强调有好几个朋友都是从西单图书大厦买到的。

　　只能怪我的眼力不济事啦！换了我，大概也如他一样吧，恨不得朋友都能在书店亲见自己的书。

七

　　Z51次，下铺。与我对铺的，是一个北京房山的女子，42岁，看上去却是近50岁的样子，在徐州工作，基本上一个月回家一次。得知我的年纪比她还大，眼睛里满是羡慕，她说还是南方好啊，空气湿润，哪像这北方，风扎得人脸上生疼，还说北方的女子，没几个脸上是光滑滑的。

我逗趣她还是迁到南方来吧。她叹口气，说怎么可能呢，有老有小的，下辈子投胎过去吧。

见她身上的衣服颜色很老，我提醒她以后可以穿得亮堂些，这样显得年轻。她说在家也是穿亮衣的，因为在路上才换了老颜色的衣服，方便回去洗。

每个人都会维护自己的尊严，即便对方是善意的。于是我不再开口，打开包，取出老车的书，继续看。

后来，不知她又跟我讲了什么，我因为注意力全集中在书上，没听清，也就没答她的话。

10点半，困意侵袭。一觉醒来，已是凌晨3点多，徐州是早已过去了。而我，浑然不知。

早上7点50多，我的城到了。拿行李，出站。来接我的车，正泊在候车室门前。

抬头，有阳光洒下，天，蓝蓝的，想起晚上就能喝到薏米粥，不禁长吁了一口气。

祠堂里的现代生活

如果不是有文友引领着,当我经过安丰南石大街8号时,我一定不会停下脚步,而是向前或转身,继续去探寻深巷中的明清古民居。这座有着五角星浮雕的水泥拱形大门,夹杂在那些参差错落、闲适恬淡的老屋中间,是如此普通、如此平凡,尽管墙头上的杂草平添了几分颓败的气息,仍是掩盖不住其现代的味道。

见我目不斜视地走过,文友停下来:你不是要看吴嘉纪祠堂吗?这就是啊。

我不禁抬起头,只见门楣上方挂着两块方白板,分别书有"东台市安丰镇街道办事处——建设社区服务站""东台市安丰镇街道办事处——建设社区居民委员会"。这样的街道办事处,里面是啥情形可想而知,无非是摆放着几张旧桌椅,几个大妈或大嫂围坐着闲谈,所说内容不过是些家长里短罢了,你随便去哪个社区转上一圈,都可以领略到。

我迟疑着,文友说,进来看看吧,或许会改变你头脑中的祠堂印象。

所谓祠堂,按《新华词典》所解,有两个意思:一是在封建宗法制度下，同族的人共同祭祀祖先的庙堂；二是封建社会中社会公众或某个阶层为共同祭祀某个人物而建立的庙堂。其建筑一般都比民宅规模大、质量好。越有权势和财势的家族，祠堂往往越讲究，梁柱宽宏，端庄轩敞，雕饰精致，是这个家族光宗耀祖的一种象征。

  行走生涯中，我曾流连过很多祠堂，有建筑宏丽的，也有简洁明了的，其性质已变为供游人参观，平时则紧闭大门，兀自任花开花落，庭院深深深几许。其实，我对祠堂说不上喜欢，总觉得阔大的屋子里弥漫着一股阴森的气息，那么多的亡灵蹲在屋檐下，俯视着如我这样进出的芸芸众生。此外，还曾听说有祠堂用来做了孩子们的教室，却从未见识过做了居委会的祠堂。

  斑驳的水泥大门前，是一条七里长、用麻石板铺就的、蜿蜒曲折的千年石板路，两边多为木板插拉门老式房屋，青砖小瓦，雕花木窗，一些老人或在自家门前走动，或与邻里小声交谈，或什么也不说，就静静地坐在家门口朝行人看着。老街犹存，祠堂犹存，而吴嘉纪的魂灵如今安在？一声叹息，穿过三百多年的光阴，轻轻地落在我叩击墙体的手指上。

  吴嘉纪，这位明末清初著名的盐民诗人，又被称为布衣诗人，因为写了大量反映社会黑暗、底层盐民生活困境的诗篇，诗风直追杜甫，而在中国文学史上享有一定的声誉。

  生于明万历四十六年（1618年）的吴嘉纪，字宾贤，号野人，其祖父吴凤仪是明代著名哲学家王心斋的学生。吴嘉纪少时曾参加府试中过秀才，其时正值明王朝覆灭、清兵南下。不愿仕清的吴嘉纪，因为亲眼看见沿海居民惨遭屠杀，遂绝意仕途，隐居家乡安丰，以布衣终身。因为穷，"家无斗筲之储""虽丰年常乏食"，所居房屋难蔽风雨，因此吴嘉纪自称其为"陋轩"。由于草屋四周蓬蒿遍地，而他终日苦吟诗书，不与外人往来，故又有"野人"的称呼。"野人"的名号，实包含着傲然世俗、孤独狂傲的意蕴在内，这对于志虽灭、心未死、气犹存的吴嘉纪来说，孤独中透着一丝苍凉，悲愤中隐着一曲怒歌。

走进大门，首先映入眼帘的，是一块嵌在墙体中的刻着"吴氏家祠"四个字的黑色石碑，再往里拐，有砖木结构的七架梁平房两进，三间一幢，两幢相对，天井偏东植着蓊郁的几株树，大门口有平房两小间。三幢房屋，有一幢木门紧闭着，木格子窗户上糊着白纸，无法看清里面的陈设。另两幢大门敞开，一幢房屋全部打通，一幢的左右两间锁着，只有中间的屋门开着，正面墙上一溜排挂满了内装奖状的镜框，下面是两扇窗户，其间挂着大大的镜框，印有毛泽东题写的"为人民服务"五个大字。屋内摆放着老式的木桌、书橱，均零乱地堆着一些资料、报刊和书籍。几幢屋子的门框上还分别钉着写有"老年活动室""京剧活动室""文艺活动室"等的木牌。

如果不是有一面木墙上挂了个"吴氏家祠"的简介，我真的以为走错了地方。读着木板上的文字说明，我不知道我在想些什么。我曾无数次地被吴嘉纪的诗感动，我曾经是那样急切地想找寻他的故居，可却听说故居早已不存在，只有家祠还在安丰老街上。今天，我终于来了。只是，当我面对它时，却发觉，它与我想象中的吴嘉纪祠堂相去甚远。中国古代的祠堂大多是用来纪念的，从这个意义上来看，吴氏家祠已无此功能。

在我对面的一幢房子里面，有七八位中老年人正在弹琴说唱，有舞着扇子的，有拉着京胡的，有说快板的，窗子外面，还站立着一些喜笑颜开、精气神十足的老人，原来是来看演出的老街上的居民。见我拿着个相机左拍右拍，一位拉京胡的老人走出来，笑着问我干吗，我说我是来访古寻幽的。他说，姑娘那你可走错地方了，访古寻幽得去老街上的鲍氏大楼才有感觉。然后又告诉我，他们正在赶排春节的节目，届时要作为安丰队去台城参加文艺汇演。老人姓周，步伐矫健，嗓音洪亮，原以为他不过60岁左右，谁知他已75岁，唯一的儿子都50岁出头了，吓得我再也不敢去猜其他老人的岁数。

注视着这些幸福快乐的老人，我想诗人吴嘉纪如果生活在现在，大概也会手捧诗稿置身其中，与他们吟诗唱和吧。可怜他只在世上苦度66个春秋后，便于悲痛和穷愁潦倒中离开人间。

安丰，古称东淘，明清时期盐业极盛，是著名的淮南十大盐场之一，居民大多是烧盐灶户。吴嘉纪年轻时曾做过盐民，由于长期生活在贫苦灶民中间，亲身体验了官吏、盐商对灶民的剥削，从而写出了大量反映社会黑暗、民不聊生的诗篇，如"白头灶户低草房，六月煎盐烈火旁。走出门前炎日里，偷闲一刻是乘凉""小舍煎盐火焰举，卤火沸腾烟莽莽。斯人身体亦犹人，何异鸡鹬釜中煮"。他还在诗中对盐商的豪华奢侈生活进行了深刻的暴露，如"广陵奢尤甚，巨室如王公。食肉被纨素，极意媚微躬。欢乐成憍愚，不幸财货丰"。

吴嘉纪的诗以"盐场今乐府"闻名于世，其《陋轩诗集》中，共收录诗作1265首。诗成了他控诉黑暗社会的匕首，成了他生命的空间，更成了他心灵坚守的盾牌。只可惜，这些诗，吴氏家祠中却无法觅到其踪影。

1684年，吴嘉纪在贫穷孤寒中离开人间。可怜他身后萧条，丧事由挚友为其料理，并题写墓碑："东淘布衣吴野人先生之墓"。辛亥革命后，实业家张謇资助为吴嘉纪树立了石牌坊，并亲笔题写一副对联，"蒹葭秋水伊人思，禾黍西风故国愁"，字里行间寄托了对诗人的哀思。

沿着天井向东，绕过两座改造过的民房，有后门直通一条两岸驳有水泥的河流。据周老介绍，这河名叫海河，明清时与黄海连成一片，直通盐仓。极目远眺，瘦瘦的河水在冬阳下平静地流淌，两岸的民居也如从前一样安静着，许多门舍前都堆着盆盆罐罐，盛开着我不知名的花草，一些陌生的面孔打眼前经过，很自然地朝我点头微笑，仿佛我是他们久已相识的邻家女子。这时，有老人在河对岸高声和周老打招呼，原来是询问排演情况的。周老笑着回了话后，与我一起返身走回院子，继续排练。霎时，京胡、二胡、快板等声音纠集着在祠堂上空回响，晚归的麻雀则绕着天井中的树枝叽叽喳喳地叫个不停，好似在应和着这帮说唱的老人。

静立院中，环顾四周，我仿佛看到上空有双忧愤的眼睛，隔着千年风尘，含笑注视着他当年供奉先人的屋子已成为平民百姓的乐园。或许，这是当初吴氏先人建此祠堂时所没有预料到的事儿。不过，作为盐民诗人、布衣诗人的吴嘉纪，我想，至少他会颔首的，倘若诗人在世，也定会操起胡琴高歌一曲。

（本文中有关吴嘉纪的史料，参考了汪国璠先生的《吴嘉纪夫妇与陋轩诗词》一文，谨以致谢。）

寂寞石牌坊

从安徽歙县回来，印象最深的是牌坊群。

歙县历史悠久，文化遗产极为丰富，明清两代的石牌坊甚多，常常是在青石板小道上走着走着，就会遇到一座牌坊，巨大巍峨，古色古香，每座牌坊都有一个或荡气回肠、或高风亮节、或发人深思的故事，但让我最难忘、最痛心的，却是那些贞节牌坊。听说在歙县一带，现存的80多座牌坊中，贞节牌坊就占了35座。这个数字让人咋舌。而将多座牌坊集于一处，使之构成一个庞大群体的，却只有棠樾。

棠樾位于郑村西北1.5公里，村头保存有一处大型的明清建筑群，计有7座石牌坊、3座祠堂和1座路亭。7座石牌坊纵向跨甬而立，自东北向西南排列为鲍象贤尚书坊、鲍逢昌孝子坊、鲍文渊继妻吴氏节孝坊、乐善好施坊、鲍文龄妻汪氏节孝坊、慈孝里坊、鲍灿孝行坊。骢步亭一座，四角攒尖式，翼角飞翘，灵巧精致，建于清朝乾嘉时期。亭南、北侧有石凳，可供行人休息。7座牌坊耸立在平原上，像7个巨大的石门，两旁十分空阔，全是一方方的水田，牌坊倒映其中，如投下的长长的阴影，煞是壮观。

当我面对逶迤成群的7座牌坊时，不禁深深地吸了口气。看着这幅气势宏伟的景象，震惊的同时，一种无法言说的悲哀涌上心头，这么一座座高耸的建筑物，却是用来宣扬封建礼教、标榜封建功德的！岁月风尘中，它们就这么寂寞地荒芜在那里，留给世人的，该是怎样的一种凄美与宁静？

此时，天渐渐阴沉，大雨即将来临，但这并不妨碍我们追寻牌坊历史的兴趣。

自南宋以来，棠樾为鲍氏聚族而居的地方。数百年来，历经程朱理学的熏陶和徽商经济的刺激，村中科举入仕、经商致富的达官巨贾代不乏人，封建人文空前鼎盛，经济实力雄厚。为宣扬封建礼教、光宗耀祖和造福乡梓，族人热心于乡里建设，营建了众多的宗法建筑、公益建筑和纪念性建筑。棠樾牌坊群就是在这种社会背景下产生的。

棠樾牌坊以石为原料，始建于明弘治（公元1488年）之前，是当地鲍氏家族建在祠堂前的建筑物。鲍氏家族是一个以"孝悌"为核心，严格奉行封建礼教，倡导儒家伦理道德观念的宗族群体。这些耸立在村头的牌坊群，分别旌表鲍氏家族中的忠臣、孝子和节妇，他们旌表这些封建的卫士和殉道者，使之成为族人的表率，发挥"承先启后"之作用，从而达到巩固宗法制度和封建统治的目的，其作用是不可等闲视之的。

随着导游小姐的娓娓叙述，漫步在青石板甬道上，我们每个人的脸上都现出不可思议的神色。生活在今天的年轻人，谁也无法理解几百年前带有封建迷信色彩的任何"壮举"。站在其中的两座节孝坊前，我觉得，那冲天的石柱仿佛在向世人无言地诉说着节妇的不满与委屈。它们所散发出来的底蕴，已不单纯是记载鲍氏家族中节妇的品性，而是反映了封建社会"三从四德"思想的畸形社会现象。真的无法想象，这些节妇们当初过的是怎样的一种生活，怎样的一种岁月！听说还有父亲逼死亲生女儿的，只为了博得一块"贞节牌坊"。可见，当年徽州地区守节已经是一种"理所当然"的事了，建牌坊更是一种风气。

忽然想起多年前看过的电视连续剧《烟锁重楼》。女主人公梦寒为追求新的生活、新的爱情，被迫从七道牌坊底下过去，向每一道牌坊磕三个头。当时，我是边流泪边看完的，心中直为梦寒的举动叫好，却又舍不得她要承受那么多的苦难，全忘了那只是在做戏。生活在那个时代的女子，怎么可能得到上苍的眷顾？不被处死或淹死就算是上上大吉，赶紧洗手焚香阿弥陀佛以示老天有眼吧。

随后，我们又冒雨参观了敦本堂、清懿堂，即男祠、女祠。尤其是女祠，梁架结构紧凑，构件用材匀称，造型洗练流畅，工艺精湛，实为徽州清代祠堂的典型作品，是研究古代礼教和家法制度的重要实物例证。

参观完这两座祠堂，在当地居民的指点下，我们还拜访了鲍氏第三十代孙、画家鲍树民老人。据介绍，他现在居住的存养山房建于清嘉庆年间，其后进称作"欣所遇斋"，中有一巨型漏窗，剔透通明，通面阔几乎与屋相等，历二百年沧桑而完整如昔。置身于这幽深的古屋，伴着屋外淅淅沥沥的雨声，听着鲍老细细讲解陈列在橱窗内的鲍氏历史文献、资料，我感到，山水还在，古迹还在，似乎那些精魂也有些留存！

步出"欣所遇斋"，放眼远眺，烟雨迷蒙中，不远处的牌坊在残荷的衬托下，越发显得孤零、苍凉，它们和众多的古民居、古祠堂一起，构筑了一座天然的艺术博物馆，把古朴气韵和现代风采交揉成美的旋律。

穿行于细雨迷蒙中，我想，棠樾的牌坊并不仅仅是由石头砌成，更是用血和泪堆积起来的，亦如《烟锁重楼》中男主人公雨杭所说："不是苦苦地守，就是惨惨的死！"所幸的是，石牌坊的时代早就一去不复返了。你看现在的女孩活得多滋润啊，她们可以穿露脐装，可以随心所欲地爱人，再也不用像梦寒那样躲着、掖着，她们可以一小时前爱得天翻地覆，一小时后就大路朝天各走一边。如果梦寒生活在现在，那又会是怎样的一种情形呢？

谁也无法猜测！

南宁之行

一

6月中旬，接到《红豆》杂志社电话，说他们举办的首届全国精短散文大奖赛结束了，经评委评审，我的散文《拥抱》获得二等奖，希望我能去南宁参加颁奖大会。

印象中的南宁，是与文友透透及美丽的绣球联系在一起的。2005年"五一"节，忆石论坛的文友相聚无锡，透透也来了，我们一见如故，晚上两人挤在一张床上狂聊。可惜我只待了一个晚上，临走时，她送了我一个精美的小绣球。回家后，我就把它挂在了门框上，每每看到这个绣球，就会想起可爱的透透。

于是决定前往。于我，参加颁奖大会是次要的，主要是借这个机会去看看老朋友。而且，我也很想去桂林看看漓江的山水。有一首老歌叫《我想去桂林》，曾唱出爱行走在路上的我的心声，其中有几句歌词我至今记忆犹新："我想去桂林呀我想去桂林，可是有时间的时候我却没有钱，我想去桂林呀我想去桂林，可是有了钱的时候我却没时间。"桂林于我，就是这样的情形。

去南宁，得从上海南站坐火车去。我于24日上午从家里出发，中午到达上海南站。火车经过27个多小时行驶，于25日晚上9时到达南宁火车站。一出火车站，就看见翘首等待的透透，我们笑着唤着对方的名字拥抱在一起，然后沿着一路的灯光，去开会的酒店报到。

当火车行驶到广西境内时，靠在窗边的我发觉天空特别的蓝，云朵特别的白、大，尤其是过了桂林，连绵不断的尖尖山峰中，一团团、一簇簇的白云飘浮其间，分外壮观，令我甚是惊奇。因为除了乘飞机时看到过窗外大团大团的云朵，我还没在陆地上见过这样美丽的云朵。

我不禁轻哼起"蓝蓝的天上白云飘，白云下面马儿跑"，只是我的眼前除了绿色的田野外，没有雄健的马儿，也不见手拿皮鞭的蒙古姑娘。而我的故乡，已在千里之外了。

二

26日上午，南宁市精通商务酒店会议室坐满了各路人马，颁奖大会在此举行，对获奖作者进行了表彰，大赛评委还对我国散文创作现状及参赛作品进行了深度评价。

评委何镇邦表示："现在看来，散文写作既可以是长篇的大散文，也可以是篇幅短小的精短散文，写得好，可以各臻其妙境。散文创作提倡精短，这是个好主意。唯其如此，我赞赏《红豆》杂志举行此次大赛。"何镇邦还表示，此次参赛作品中比较优秀的均在构思上十分讲究，参赛者善于选取好的角度切入，进行开掘，如赵丰的《惊心动魄的初吻》、孙蕙的《拥抱》、王眉的《乌镇之恋》；同时，一些散文使用了如诗如歌的文字，使散文的语言呈现无穷的魅力，如文萍的《落叶之美》、苏雨景的《又见雁来红》等。

王剑冰也对《红豆》杂志发起大赛给予高度评价，并表示，许多参赛作品让人感慨，是作家们从各自工作及生活中摄取的精华。这中间有以文字取胜的，有以人物事件取胜的，也有以情景心绪取胜的，无论用什么样的方式，都是打动了人心。

陈四益对参赛作者提出了希望，他表示，文字的美是许多作者的追求，但美的文字并不就是散文。如果没有感情的贯注，辞藻不过是零珠散玉，不成形状。在他看来，文章要以思想和感情为主，思想深刻，感情淳厚，才是好散文的根基。

下午自由活动。在南宁日报社工作的大明决定带我出去转转。与他相识，还是我鲁院的同学大河介绍的。跨出电梯，我一眼就认出了坐在沙发上的大明。虽然从未谋面，但在他微博上看过他的照片，加之我们在QQ上也偶有联系，因此并不觉得陌生。

因时间关系，只逛了博物馆、青秀山。青秀山，亦如它的山名，很清秀，不愧是绿色之山，它的魅力就在于一个字：绿。满眼的绿树、绿草坪，有好多树和花我还是第一次见到，开了眼界。回来的路上，我们还在南湖边上坐了坐。美丽的南湖，让我想起了南京的玄武湖。

三

6月27日，吃过早饭，外地来的评委、获奖作者在《红豆》杂志社主编、副主编等人的陪同下，前往南宁大明山采风。

初听这个山名，以为是"大鸣山"。据介绍，此山地处北回归线上，平均海拔1200米，主峰龙头山海拔1760米，是桂中第一高峰。大明山在壮语中的名称为"岜是"，意为"始祖之山""圣山""龙脉之山"，是广西中部第一大山,森林覆盖率为93%,是巨大的天然氧吧,横跨南宁市武鸣、上林等四县,群峰如海,层林叠翠,飞瀑流泉,有南宁"后花园"之称。

我曾去过黄山、武夷山等名山,因此,听车上的人说起大明山如何神奇,并不以为然。潜意识里,每个人都会在外人面前夸赞自己的家乡。我感兴趣的是北回归线正好穿过大明山中部,独特的地理位置必定会形成奇异的山水脉象。而且南宁是全国著名的绿城,而绿城最绿的地方就是大明山,森林面积达16000多平方千米,像一个巨大的天然空调,是南国理想的避暑胜地。

听到"天然空调"这四个字,想到上车之前,我曾问随同前往的一个小姑娘"山中宾馆是否有空调",她笑着说,"到了山里,你要嫌冷的哦,得盖被子哩",不禁自嘲地笑了起来。

车子一路疾行,扑入眼帘的,是绿色的山体,连绵不断。天空中飘着大朵的白云,我以为,那是最"干净"的云了。是的,当我乘坐的火车经过桂林后,我就爱伫立于窗前,目光久久地凝视着天空。那蓝天、那白云,唯有用"干净"这个词来形容了。蓝得透彻,白得纯粹,就像孩童纯真的笑容,不掺一点点杂质。

到达大明山时,已近中午。远远地,就看到一座非常壮观的山门横立着,在阳光下亮得有些刺眼。汽车沿山路盘旋,路并不是特别好走,因为这座山还没有正式对外开放,许多景点正在开发、完善之中。

在山门口时,阳光炽烈,转眼间,山雨欲来,雾霭层层,刚上山时透过车窗看得很清晰的林立山峰已是白茫茫一片,而我们的车,则蜗牛似的慢慢爬行。中途多次停车,听讲解员介绍一些景点的传奇故事。迎风而立,群峰在氤氲的雾气中时隐时现。我呼吸着清新凉爽的空气,任细细的雨丝在脸上发间摩挲,感觉自己真的是仙境中人了。

四

　　大明山山体宏大，山川秀丽，雄伟挺拔，丛峰如林，郁郁葱葱，海拔 1000 米以上的山峰就有 66 座，主峰龙头山海拔 1760 米，第二高峰是望兵山，海拔 1560 米，是观赏日出日落和佛光的最佳地点。

　　27 日下午我们游览时，所到之处皆是漫天大雾，偶尔雾散，大明山才露出一角，不过很快又是雾茫茫一片，仿佛蒙着面纱的羞答女子，怕我们窥见她的美丽而深藏不露。

　　云龙佛光，是观佛光的最佳处。什么是佛光呢？就是早上或傍晚，在光线和浓云密雾的相互作用下，观看者的身影会显现到云幕上，周围还环绕一圈彩色的光环，人称佛光。佛光是一种神秘的自然现象，佛家认为，佛光是从佛的眉宇间放射出的救世之光、吉祥之光，要看到佛光必须有佛缘，能见到佛光的人一切如愿。据说，这种神秘的佛光仅在全国为数不多的几个地方出现过，以峨眉山的佛光最出名。在广西，大明山是唯一可以观赏到佛光的地方，传说佛光是云龙的护法佛点燃的佛灯。站在观景廊上，除了能清晰地看到一块石碑外，身前身后白茫茫一片。看来，我们都是俗人，与佛无缘啊，遗憾！

　　大明山周边是喀斯特地形，致使其水系、地势呈现出许多灵异的现象。北坡与南坡的水色截然不同。北坡的瀑布、溪流的水色微黄，如同琥珀，而南坡的却纯净清幽，如同碧玉。

　　北坡地势比南坡险峻，大瀑布多集中在北坡。著名的瀑布有金龟瀑布和龙尾瀑布。由于时间有限，我们只去了金龟瀑布。令人惊奇的是，在瀑布的斜对面，有一块大石头，状如一佛在莲花座上。

五

在大明山海拔1200米的山顶一带，有8块大小相仿的天然草坪（又称天坪），很整齐地在北回归线上一字排开，并同北回归线呈垂直状态。这些草坪的植被非常奇异，里面只长草不长树，而草坪四周只长树不长草。不少地质专家、植物专家都深入研究了这一现象，却解不开其中的奥秘。

爱心草坪，因状如"心"字而得名。心字以内，绿草如茵，以外则长满了树。令我们赞叹不已的，是有一棵树上竟然长出三种不同的叶子，即枫叶、荷叶、桂叶，因此这棵树又叫"枫荷桂"。

天书草坪，长满半人高的杂草，风过处，绿波翻涌，让人感觉如置身一片绿色海洋之中。中有石板，刻满了莫明其妙的文字和线条，而这些神秘的文字线条谁也看不懂。我们一行人俯下身子细细辨认，也只能自以为是地认出几个数字符号而已。

在大明山的两天里，最吸引我眼球的，是云海、湖泊、花草、溪流，青山绿林倒映水中，湖光山色交相辉映，如世外桃源般令我流连忘返。

两天的时间远远深入不了大明山，我只是匆匆过客，不可能长时间逗留，那么，就请允许我把这些诗情画意般的美景悄悄地藏在记忆之中吧，存一个念想，以便能再次踏上这块人间仙境。

六

6月29日，前来参加《红豆》"首届全国精短散文大赛"颁奖会的评委、外地作者陆续离开南宁。我原来是想这天跟随旅行团去桂林三日游的，可惜电话打晚了，旅行社说若想参加当天的团是不行的，因为手续来不及办理，只有隔天了。不过这下透透可高兴了，她鼓动我别走，去参加她们单位在北海举办的"七一"党员活动。我说也好,就让我这非党员体验一下党组织的生活吧。

北海,这座位于北部湾东北岸的海滩,在我的印象中,有着碧蓝的海水,明媚的阳光,细腻的白沙,据说有"北海银滩甲天下"及"南方北戴河"之称。在从上海去南宁的火车上,与我对铺的是个上海女孩,她是去南宁出差的,她说南宁去了几次,还没去过北海,这次无论如何也要去看看。我想象不出北海对她的吸引力究竟有多大。不过,我知道,北海之于我,远没有桂林的象鼻山、漓江及阳朔的山水更有吸引力。

或许,是我太冷静了吧。对于我不太向往的事或物,无论他人夸得多么的好,我总是不会轻易相信的。可能是独行惯了,我是个跟着自己感觉走的人。

与透透会合后,才听透透说她们不去北海银滩了,改去防城港的大坪坡洗海浴。见我一脸的茫然,透透就介绍,防城港是中国大陆海岸线最南端崛起的一座港口城市,南濒北部湾,西南与越南交界,面向东南亚,拥有防城港、东兴等四个国家一类口岸,有着"中国西南门户,华夏边陲明珠"之誉,而且大坪坡白浪滩、怪石滩、月亮湾、白龙炮台美景不断,有"中国夏威夷"之美誉。

只可惜,天公不作美,半路上,蓝天就被乌云遮盖,雨断断续续地下个不停。到了大坪坡,但见海浪滚滚,哪有什么白浪滩呀,全是黑海浪。可能老天念我是远方来的客人吧,中午时分,太阳竟出来了。只是,海水仍是混浊的。吃完午饭,透透的同事提议去北海银滩游泳,于是车子又一路狂奔。岂知半道上雨下得更大,车子所到之处全是积水。还好,到达后雨小了,透透的同事一半在打牌,一半到海里冲浪。我不会游泳,只好将裤子挽到膝盖,光着脚丫子在海水里踏浪。

据介绍,北海沙滩原来叫"白虎头",沙滩上的沙是上等的石英砂,在阳光的照射下,洁白、细腻的沙滩会泛出银光,故改称银滩。

因下雨，我见到的沙滩没有银光，不过沙子很细腻、柔软。站在海水里，我的身后是充满南国风情的椰树林，斜屋顶的木房子，高大的棕榈树，眼前是一波又一波的海浪冲刷着沙滩，自由与快乐是我此刻唯一的感受。

我和透透都将雨伞扔了，踩着海水玩，还不时地将海水拨到对方的身上、脸上，而她的同事，则在大风大浪里挥臂远游。空旷的海湾寂静，并没有因我们一行人的到来被打破，它照样静默无语。海与天浑然一体，望不到尽头，也看不到边际。

谒曹雪芹纪念馆

二十多年前,当我还是一名少女时,新搬来的邻居曾借给我一套四本的《红楼梦》,因是繁体字,我只好边看边查字典,这一读就是三年。当时年纪小,许多章节都是囫囵吞枣,但宝黛二人的凄婉爱情故事却令年少的我唏嘘不已,少女时代就在这泪水的浸润中悄悄滑落。随着年龄的增长,我逐渐被其艺术成就所倾倒,同时也深谙了此书的历史意义和文学价值,总希望有一天能走进曹公生活、创作过的地方,去感受一下他当时创作的心境。

3月初,我有幸到北京鲁迅文学院作家班学习,听说西郊香山脚下的黄叶村有座曹雪芹纪念馆,是其晚年居住、生活、创作《红楼梦》的地方,于是在一个风和日丽的星期天,欣然前往。

正是桃花盛开的季节,那一簇簇、一团团白色的、浅红的桃花在青山绿树的衬托下显得格外娇媚,弯弯的连翘垂挂着柔软的腰肢,颤抖的叶片似展翅欲飞的黄蝶,紫色丁香在和煦的阳光下舒展着香叶,面对游人浅浅地微笑。穿过绿树掩映的小径,我终于进入一个由木栅栏围着的无人的静寂空间。放眼远眺，但见绿树环山，万籁无声，尘世的喧哗在此一一遁去，一净尘心，大有人间天上之感。手抚古拙的木栅栏，一种久违了的田园情怀就在心田缓缓溢开。

曹雪芹纪念馆，两排十二间房屋，是按照清代旗营的营造方式修建的。门外有三棵古槐，东边的一棵歪脖子槐树已有四百余年的历史，据说是明朝嘉靖时期留下的。顺着指示牌，穿行其间，我缓慢的脚步好似在一条没有声音的时间河流上悄悄流过，墙壁上陈列的有关曹公的简介、图片似乎都很遥远，但又似乎很近，弯下腰去，二百多年前的历史便能随手掬起。

曹雪芹生于1715年（康熙五十四年），卒于1763年（乾隆二十八年）。他的祖父曹寅为江南名士，世袭江宁织造，又任两淮巡盐御史，康熙帝南巡时，曹家曾接驾四次，这在当时是其同僚们不敢望其项背的。因此，童年、少年时的曹雪芹养尊处优，过着"饮甘厌肥，鲜花似锦"的生活。因祖父与高官贵戚及文人墨客有来往，遗存下大量的著作、藏书，曹雪芹在拥有锦衣玉食的同时还拥有书籍，这对他的成长和后来的创作都产生了重要的影响。

隆盛显赫近百年的曹家因康熙离世逐渐走向衰败。雍正五年，曹家惨遭祸变，充军、流放、杀戮……一下子从繁华盛世的顶端跌落下来。1728年，十三岁的曹雪芹随家人告别六朝古都南京，迁回北京。在历经世态炎凉、人情冷暖、居无定处的生活沧桑后，曹雪芹渐渐成熟。针对当时的政治历史环境，曹雪芹决心穷其一生来完成一部揭示封建统治真实面目、批判封建制度专制思想的现实主义作品。乾隆十四年（1749年）前后，曹雪芹离开红尘闹市，来到了寂静的黄叶村，开始了他"茅椽蓬牖、瓦灶绳床"的山居生活，并以坚忍不拔的毅力，专心致志从事《红楼梦》写作。

缓步于"满径蓬蒿""薛萝门巷"，眺望渐沉的西山夕阳，我的眼前仿佛闪现出穿着没领的蓝布大褂、足登福字履的曹公，他身背装有文具纸张的白布包袱，穿行于卧佛寺一带的樱桃沟、水尽头、石上松、白鹿岩、元宝石、疯僧洞等处，每到一处，都随时将所听所想记下，晚上回到家点上油灯，再偷偷地写作整理《红楼梦》一书。其时，正是乾隆帝六巡江南，清王朝由盛而衰的转折年代。对曹公而言，一边是富丽堂皇、声色犬马的宫殿苑囿，一边是堆石为垣、"卖画为生"的山村生活，一方是君临天下的皇帝，一方是激愤傲世的才子。在这巨大的反差下，曹公思绪万千。为避"文字狱"厄运，曹雪芹借"假语村言"，将心中对封建制度"吃人"一页的愤懑之情编织进悲金悼玉的故事中。由于曹公埋头著书，生活极端贫困，常常是"举家食粥酒常赊"，但他仍不弃手中之笔，"披阅十载，增删五次""字字看来皆是血"，以至"书未成，泪尽而逝"，化作一缕孤魂直上云间，给人类文学史上留下了半阕千古绝唱。

踩着石子铺就的小径，听着自己清脆的足音在曹公生活过的土地上回响，我不禁想起了鲁迅的一段话：

"至于说到《红楼梦》的价值，可是在中国底小说中实在是不可多得的。其要点在敢于如实描写，并无讳饰，和从前的小说叙好人完全是好，坏人完全是坏的，大不相同，所以其中所叙的人物，都是真的人物。总之，自有《红楼梦》以来，传统的思想和写法都打破了。"

百余年来，《红楼梦》以其卓越的思想、浪漫的故事情节、淋漓尽致再现社会生活本色的现实主义写法，影响着一代又一代作家的写作取向。

回首凝望，夕阳下的曹雪芹故居在群山的氤氲中，显得真实、祥和而宁静。踩着沙砾的小径，我把脚步放得很轻、很轻，生怕一不小心就会叩醒那颗饱受患难的灵魂。

返程途中，回想曹公一生的经历和伟大成就，我想：假若曹雪芹没经历家道衰败，仍是一个丫鬟成群、上下宠幸的公子爷，文学字典中，还会有宝、黛、钗等千古不朽的人物形象吗？如果曹雪芹不过早逝世，《红楼梦》的结局又会演变成何样？

霜晓菊鲜鲜

木叶黄落,瑟瑟秋风,傲然立于庭园、廊沿下的,大概要数秋菊了吧。它以清奇的姿态、鲜艳的色彩、淡雅的芬芳,将寂寞的深秋点缀得分外妖娆、绚丽。

菊花,在我国栽培已有三千年左右的历史了。古代的人们,给它取了治蔷、日精、节花、女节等十几个好听的名字。《礼记·月令》篇中有"季秋之月,鞠(菊)有黄华"之说。因之,"黄花"也成了菊花的代名词。说起秋天,女词人李清照有"人比黄花瘦"之比喻,而东晋陶渊明的"采菊东篱下,悠然见南山""三径就荒,松菊犹存"等名句更为后世所传诵。

我国是菊花的故乡。每当秋高气爽时,各大城市多举办一年一度隆重而盛大的菊花展览。开封新一届菊花花会如期开幕。当我置身于菊展主会场龙亭公园时,已是下午。

广场周围,随处可见大红灯笼、粉色气球及长短不一的中国结,这些醒目的喜庆元素,营造出了一个盛世祥和、欢天喜地的氛围,路基上摆放的各色菊花更是将广场点缀得五彩缤纷。虽然花会已是第三天，但众多游客仍是联袂接踵争相观赏。

一进园门，首先映入眼帘的是木质屏风，上面用瘦金体书写着宋徽宗赵佶的《秾芳》诗。五色草制作的巨型蝴蝶，在高低错落的菊花以及翩翩起舞的美工蝴蝶的映衬下，体现出"舞蝶迷香径，翩翩逐晚风"的意境。转过屏风，但见甬道两边、林荫草坪、回廊庭院，皆被黄红白绿的菊花簇拥，组成了一片万紫千红的花海。

名菊近千种，秋英十万盘。用菊花摆成的孔雀开屏、彩虹拱门、龙船、宝塔、双龙飞天等造型，则将人们一步步引领进神话中的天国。几百盘菊花组成的盘龙菊，双龙腾空，洁白的小雏菊沿着细柱子蜿蜒而上，犹如满天繁星。安置在铁架上的菊花，远远望去，有如蛟龙出水、泻玉流金。布在假山上的悬崖菊则错落有致，仿如银河落地，又似孔雀花翎。

缓步于龙亭公园的玉带桥至嵩呼一段，但见笔直御道被木架、镜子、花带和菊花绑扎的景门分割成了迂回曲折的三段。令我惊奇的是，站立于镜前观赏，仿佛置身于无尽的花溪。同时，还可利用镜子的反射，将镜中自己的形象摄下。我就见到一对年过花甲的夫妻并肩而立，男的手上拿着相机，对着镜子如此反复几次，终于笑嘻嘻地离去。我也不由自主地停下脚步，从包中掏出相机，对准镜中的自己摁下快门。

这次菊展，主办方除了展示其外在的秀外，还赋予其深厚的宋文化和菊文化。位于门内东侧草坪的景点"茶香满园"，通过菊花、古典屏风、隔断围成皇家茶室，其间摆放御用茶具，以展现"兴于唐，盛于宋"的宋皇宫斗茶文化。位于龙亭大殿前西侧的景点"宋都遗韵"，以"汴京八景"为主题的大型宫灯，通过菊花模纹图案的点缀，体现出开封的悠久历史。月季园东入口的"曲水流觞"，将方亭、人物、景墙、景石、繁花、碧草有机结合，再现了古人品酒、吟诗、赏花的风雅意境。

我因为去得迟，在看菊品种时，天色渐暗，且秋雨也淅沥起来。环顾四周，游人们仍在兴致勃勃地冒雨观赏着。是的，我被那慵懒的"唐云雅姿"吸引住了，被形似龙爪的"玉龙舞飞"抓住了，被娇嫩翠绿的"汴梁腾云"拦住了，被传统名菊"汴梁银宝"留住了。是的，我还要再看一看那"帅旗"，那"墨荷"，那"丽金"，那"越山"。它们，有的花瓣外金内朱，状似初升的朝阳；有的花瓣状似飞舞的衣裙，或如兰花纤指，使人想起贵妃醉酒的妙姿；有的金线披离，使人想起新疆美女头上垂下的发卷；有的状如半圆球，以为是一棵菊花包含无数花苞。

风越来越大，雨点越来越密，身着薄衫的我不胜寒冷。正欲转身，却见这些精灵雅致的菊花，仰着小脸迎风怒放，看似柔弱无比，实有耐寒傲霜的秉性、不屈不挠的韧性。难怪历代文人都爱吟诵菊花，他们看重的是"寒花开已尽，菊蕊独盈枝""不是花中偏爱菊，此花开后更无花"。更多的诗人则以赞菊花的品格隐喻自己的情操，如苏东坡的"菊残犹有傲霜枝"、朱淑贞的"宁可抱香枝头老，不随黄叶舞秋风"。而大诗人李白的诗句"黄花不掇手，战鼓遥相闻"，更是以咏菊来抒发自己的豪迈之情。

菊花，因其花稀茎疏以傲霜寒，素萼攒翠而矜晚节，在百花中享有逸品之雅誉。我很想留下来，学陶翁采菊东篱，仿文人品茗赏菊，可惜他乡非故乡。这样想着，终于伸手招了辆的士，回我客居的临时住所去了。

第六辑　文字芬芳，寂寞的夜和谁说话

寂寞的夜和谁说话

我似乎听到一种声音,似冰雪融化的滴答声,即将碎裂,即将圆满。

四周静静的,静得可怕。黑暗中,有微弱的光忽隐忽现。以为是阿尔的太阳,伸出手就能够得着,就像莎乐美,以为抓住了约翰的头,就可以亲他的嘴,像咬一枚熟透的苹果一样咬它。

如愿以偿地,莎乐美果真吻到了约翰的嘴唇。颤抖中,莎乐美也第一次品尝出爱情的滋味。噢,爱情!星星们都害羞地躲了起来,唯有莎乐美睁着一双大眼睛,看着刽子手呈上来的银盾,银盾上是约翰的头。这就是莎乐美的战利品了。

是的,战利品,我想到的第一个词,就是这三个字。可是,这个战利品却有一种苦味,莎乐美以为是爱情的滋味。因为她听说,爱情是有一种苦味的。

不过,那又有什么关系呢?

是的,那又有什么关系呢?即使你永远闭上了眼睛,你却在我的怀抱中,我可以任意地处置你,对,就是这样的爱了,它的神秘超过了死亡的神秘！

深渊一样的欲望啊，以为固若金汤，岂知却是最不堪一击的！

这个夜晚，我听到一种声音，滴答滴答，沿着锈迹斑斑的水管，抵达时间之外。而我，没办法靠近，亦无法遁去。

寂寞的夜和谁说话呢？

重读《一个法国人的一生》

  重读这本书,仍然觉得震撼、荡气回肠。再次读这本书,是因为阿贝尔的《老屋》。刚读了几页,就想起杜波瓦写的这本书。问老阿,他说我想的是对的,正是这本书激发起他的写作冲动。其实,当初读了那本书后,我也有想写写自己经历的冲动,但因为是女子,不可能像他们男作家写得那样的肆意那样的无所顾忌。

  想起我的童年,想起童年住过的老屋,从记事起就一直住着。1976年唐山发生大地震后,我们这儿也提高了警惕,房管局将台城所有人们觉得有危险的老房子全部拆除。我家住的这幢,是座清朝的老房子,当然也在拆除的范围之内。之后我便搬到父亲的单位,住进防震棚里。那是一条长长的似通道样的简易住所,每家都挨着,床靠着床,大人们也许觉得不太方便,但对我们小孩子来说,却是极高兴的。只要眼睛一睁,就可以看到伙伴们,只要一个眼神,就可以相约去棚外边玩耍,再也不用走远路,在伙伴家的围墙外扯着嗓子喊了。最令我们开心的是,因为不知何时会再次发生地震,大人们都有了心思,也理不到我们小孩子家,由着我们瞎折腾。学校对学生们抓得也不紧，只要天天到校，坐在自己的座位上，至于你在干什么，老师也不会过多地干涉。

防震棚后，是单位的一排平房，之前是办公室，这时腾出来给单位的领导干部住。其中有一间的门一直紧闭着，无人进出。我们觉得奇怪，就想探个究竟。透过窗户，发现里面存放了好多的书。趁大人不注意，我们从窗户爬了进去。伙伴们在里面转了一圈说不好玩没意思，就都原路返回。独留我在里面一本一本地翻着，将自己选中的书塞到衣服里面带回家，看完再换。就这样，近两年的时间，我读完了所有的童话书，读得最多的是格林、安徒生的，还囫囵吞枣地读了《林海雪原》《青春之歌》《山菊花》《钢铁是怎样炼成的》《茶花女》等中外名著。读书让我从一个假小子变成了文静的小女孩，变成了只要看到书，眼睛就会发绿的小女孩。

上初一的时候，我们又搬回了原来的住地，只是从前的老屋已成了平房。那不是我心中的房子，于是，我越发地将业余时间全交给了看课外书。新邻居是一对刚结婚的小夫妻，他们家藏有一套四本的《红楼梦》。我死皮赖脸地借了来读，直到初中毕业才还给他们。

书中，安娜对保尔说："你要用一辈子去弥补你自己设法搞坏的局面。"读到这句话，我笑了。是的，我可能也要用一生的时间去弥补我因为沉迷于文字，而将自己变成了一个看问题比较透彻的女子，因为看得透彻，就有了痛感有了辗转有了百结。

珍贵的尘土

这些天，又把苏联作家康·帕乌斯托夫斯基的《金蔷薇》拿了出来。

拂去书面上的尘土，我发觉此书仍是花香四溢。

在这本书中，作者用散文诗的语言、小说似的铺叙，将文学创作方面的事项娓娓道来，如漫步春天的田野。那些摇曳的花朵啊，那些沁人心脾的芳香啊，让人一辈子也忘不了。

阅读此书，竟使人有甜滋滋的快感。

第一次看它时，还是在中学时期。年少的我还用了一个本子专门来记书上的好句子，可惜这个本子因多次搬家丢失了，我曾为此遗憾了好久。后来，一直想买此书，却未再遇到过。

2000年，我在北京学习时，偶然在一家书店里看到了它，便喜出望外地买了两本。从此，它被放置于书房的醒目处。每当才思枯竭时，我总是喜欢把它翻出来，仿佛接地气一样地储蓄力量。

书中有这样一句话："我们，文学工作者，用几十年的时间来寻觅它们——这引起无数的细沙，不知不觉地给自己收集着，熔成合金，然后再用这种合金来锻成自己的金蔷薇——中篇小说、长篇小说或长诗。"

这些珍贵的尘土啊！

太阳每天都是新的

书橱中,摆放着许多没看的书。总是对好的文字心生敬畏,不喜欢一下子将其读完,而是一点一点地品味。这样的过程,是满口生津的。是暗的夜,一点一点变亮。那份光芒,是温暖、柔软的,抚摸过去,足以泅湿你的心尖。

《梵·高传》,一本买回已近十年的书,直到今天才读完。其实,关于他的一切,早已从相关报刊中了然,却没想到,读完这本书,他的痛苦,他的追求,他的渴望,仍带给我强烈的震撼。偶尔打开书中的一个细节,都能感动得流泪。

向日葵,一生只开一朵,其全部意义就是为了追寻阳光。

这让我想起希腊谚语中的一句话:太阳每天都是新的。只是,向日葵,一生,只开一次!

她从海上来

何时开始读张爱玲的小说，已记不清，只知是多年前的事了。她的文字，最初给我的感觉，除了华丽、惊艳外，就是冷静、悲凉、不动声色。很难想象，一个年轻，也还算美丽的女子，为何所写的故事少有温暖，多的是入木三分的世态炎凉。

这种疑惑，从读王蕙玲的《她从海上来——张爱玲传奇》中得到诠释。书的结尾处说："恍惚中她又像在船上，正漂洋过海来美国的途中，海水叠映在她身上，还有远洋轮船的汽笛声，从遥远处传来。"是了，我们所爱的张爱玲，因了时空，早已成为我们的对岸之人，而她笔下所写的人物，大抵也是她的对岸之人。迭回的记忆中，张爱玲用睥睨的眼神、弃绝的心态，还原出她心目中的旧上海、乱世中的香港，还原出她少女时期曾遭受过的冷意、幽寂，以及不平。

这是一个复杂的张爱玲。亲情、爱情，于她而言，早已冷到极致。1952年离开大陆时，她甚至都没有和唯一的弟弟告别，而且此生再没回来过。远去的火车咣当声中，或许，只有姑姑的存在，给过她片刻的暖意。

其实，只要循着张爱玲没有温情的童年生涯，我们就会发现，张爱玲是个悲观主义者，她不相信天长地久，认为人"是最拿不准的东西了"。所以，她说：

"个人即使等得及，可时代是仓促的，已经在破坏中，还有更大的破坏要来。

"为要证实自己的存在，抓住一点真实的、最基本的东西，不能不求助于古老的记忆，人类在一切时代之中生活过的记忆，这比瞭望将来要更明晰，亲切。"

因此，张爱玲是个"最不多愁善感的人"，虽然她也谈服装、谈电影、谈绘画、谈音乐，却从不在任何的物事上做过多的流连，她学会了那种对什么都无所谓的态度。生命于她，不过是"一袭华美的袍，爬满了虱子"。但她到底是女子，当心仪的男人出现时，张爱玲也如小女人一样坠入情网，不可遏制地爱上了，以至于低到尘埃里去。

与胡兰成相恋的那段时光，张爱玲是快乐的，她如乡下女子初到城市一般，怎么看胡兰成都是欣喜的。欣喜到在得知胡兰成和范秀美同居后，仍给他寄了汇票去。她不过是为了她的爱。而胡兰成却忘形得看不见张爱玲的眉头锁得更紧，更看不见张爱玲眼中隐忍的泪。

爱是什么？只是一杯未加糖的咖啡，香气终将随着热气，渐渐沉入杯底。任何的声音，都会消失，如同我们卑微的生命。

"我想过，我要是不得不离开你，我也不至于寻短见！我也不能再爱别人！我就只能是萎谢了！"

不纠缠的人，未必就没有嫉妒心。张爱玲是敏感、脆弱的，亦是高傲、决绝的，因而一信过去先拒绝了胡兰成。她知道，有些伤，只能自己躲在角落里，慢慢愈合。只是，当张爱玲说出这番话时，无论如何也想不到，几十年后，在地球的另一端，会遇到爱她、继而与她牵手的瑞荷。可见，情是花开，再绝响的誓言，面对爱情，都如气泡不堪一击。回不去的，除了心，还有谁也听不见的喟叹。

花开了又如何？花谢了又如何？终究逃不过一个字——缘。

此时，《小团圆》的书摊在膝上，却读不下去，除了文字的干涩、冗繁外，我已找不到那个令我惊艳的张爱玲了。这样，也好，就让华丽的张爱玲成为黑白记忆中的千古绝唱吧。

窗外现出一轮弯月，令我想起小说《金锁记》的开头：三十年前的上海，一个有月亮的晚上……年轻的人想着三十年前的该是铜钱大的一个红黄的湿晕，像朵云轩信笺上落了一滴泪珠，陈旧而迷糊。……

是的，陈旧而迷糊。从此，于我而言，张爱玲——她从海上来，只是一把骨灰。

远处有汽笛声，没有雾，天空湛蓝，现世安稳。

不是我，是风

书架上新进了不少书，有几本很不错，最终选了劳伦斯的《书·画·人》。多年前，曾买过他妻子写的回忆录《不是我，是风》。回家后，将这本书从书橱中翻出来，再一次重温他们不寻常的爱情之路。

记得当初与这本书结缘，一是因了诗意的书名，二是绿色封面，因为绿有春天草的气息，不凉薄，很温暖。封面上，标注一行副标题：劳伦斯妻子回忆劳伦斯。

作为20世纪英国最独特和最富争议的作家，劳伦斯从未写过自传，因此了解他生平的人甚少，而且有些人对他有完全失实的猜想。此书是关于劳伦斯的唯一的一部回忆录。书中，弗里达向我们展示了劳伦斯易感而脆弱的内心世界，打开了一个真实的"天才作家"在灵魂与世界逃亡中的神秘历程，真实地记录下了劳伦斯的生活和他们不被世俗所认同的爱情。

劳伦斯，英国人；弗里达，德国人。1912年，两人相遇时，劳伦斯26岁，而弗里达已31岁，有3个小孩。其时，弗里达是诺丁汉大学现代语言学教授威克利的夫人，劳伦斯曾经做过这位教授的学生，因醉心于小说写作，生活出现危机。威克利当时只是想为劳伦斯找份英语教职，可是他的好心却促成了弗里达和劳伦斯的相遇。相识不到6个星期，弗里达就抛弃一切跟劳伦斯私奔，从此旅行在欧洲、美洲、澳洲、亚洲的大地上，生活在海边山林、高原牧场上。

劳伦斯称弗里达是他"终生一遇的女人"。弗里达则说："他仿佛使我的身躯和灵魂摆脱了我过去全部的生活。这个26岁的年轻人把握了我的全部命运，全部前途……我无能为力，只得听从命运的安排。"

这是种什么样的爱呢，以致让弗里达如此地听从内心的召唤？有一点很明确，那就是：她只是想了解这世上最好的东西。

对一意孤行的妻子，威克利教授在信中这样表明："如果你再不回家，孩子就不再有母亲，你也永远别想再见到他们了。"

虽然很悲伤，但弗里达知道，比起孩子来，劳伦斯更需要她。1914年，两人在英国肯辛顿登记结婚，直至1930年劳伦斯去世，弗里达都没有离开过他。

有作家评论，弗里达和劳伦斯的结合虽然不道德，却是艺术的。前者的无羁浪漫和后者的艺术冲动天然地结合在一起，这种结合一起创造了《虹》和《查特莱夫人的情人》这些经典作品。也许弗里达是世界上最了解劳伦斯的人，在她的眼里："劳伦斯内心非常严肃、爽直，是一个真正的清教徒！他痛恨所有淫猥之物。"

《书·画·人》这本书的扉页，有张弗里达的照片，气质高雅，雍容华贵，紧闭的嘴角给人一种冷峻的感觉。这样的女子，应是很有头脑的，何以会舍家弃子与人私奔呢？

弗里达的父亲，纯粹的贵族，而劳伦斯，矿工的儿子。来自两个不同的阶级，要走到一起是何等的难！

其实，无论是贵族还是平民，富裕还是贫穷，每个女人都渴望被重视,渴望生活在温情柔意中。劳伦斯所给予弗里达的,除了理解、温柔、体贴、爱护,还有细致而敏感地意识到她的存在。

这些,恰恰是弗里达从前所没有的。

细析我们周围,那些走出围城的众多例子,大抵如此。

不是我,是风。是的,是风把我们内心所爱的标准吹来,一旦遇到,谁也无法拒绝。

生命是一次出人意料的奇遇,而不是一场痛不欲生的炼狱。

所有的,与年龄无关,与地位无关,与贫富无关。

怎一个爱字了得

去湘西的旅途中，一直在读沈从文先生的《湘行集》，以及他夫人张兆和的《与二哥书》。两本书交叉着读，很有意思。

面对爱情，再伟大的人也有束手无策的时候。不过，沈从文爱上张家三小姐时，他在文坛的名声还不似现在这么大。

1929年，沈从文受胡适之邀，到上海中国公学主讲现代文学。其间，他爱上了18岁的女学生张兆和。由于他不善言辞，无法向张兆和表达他的爱恋之情，于是给张兆和写了情书，不过张兆和一直不予理睬。当此事在校园内传得沸沸扬扬时，张兆和便携着沈写给她的情书去向校长胡适求助，希望他出面劝阻沈从文。

岂料胡适却极力夸赞沈从文是天才，是中国小说家中最有希望的。又说，社会上有了这样的天才，人人都应该帮助他，使他有发展的机会，说沈崇拜张，崇拜到了极点。

只是，爱一个人有多种理由，如果因对方是天才而去爱，未免显得浮躁些。

面对胡先生的叨叨，张兆和表明了自己的态度，她不爱他，亦不太想和他做朋友。她的观点是："沈非其他人可比，做朋友仍然会一直误解下去的，误解不打紧，纠纷却不会完结了。"

她在日记中这样写道："胡先生只知道爱是可贵的，以为只要是诚意的，就应当接受，他把事情看得太简单了。被爱者如果也爱他，是甘愿的接受，那当然没话说。他不知道如果被爱者不爱这献上爱的人，而光只因他爱的诚挚就勉强接受了它，这人为的非由两心互应的有恒结合，不单不是幸福的设计，终会酿成更大的麻烦与苦恼。"

读到这儿，我对张很是佩服。1930年，她不过20岁，竟是如此的理智、冷静。她并没有因为沈是她的老师而接受他，也未因胡适的劝说而接受沈，而是坚持依自己的观点来行事。我不禁想到现今的一些女孩，常因对方的光环而不管不顾地去爱，也不问问自己的内心，若除去那光环，她爱他什么？光环下的这个男人，她又了解多少？

庆幸的是，沈从文并没因张的拒绝而放弃，就像他从未放弃手中的笔一样。之后近4年的时间中，他以一种乡下人的憨劲、韧劲，继续着这场马拉松式的求爱。他说："我现在，并且也没有什么痛苦了，我很安静，我似乎是为爱你而活着的。"最终，这场恋情以得到开明的张父的首肯而告终。1933年9月9日，沈从文与张兆和牵手走上红地毯。

只有不失自我的人，方能长久地被人爱。但很多时候，爱是一副毒药，稍不注意就会弄得体无完肤。爱情这东西，不是每个尘世之人都能控制得了的。

1934年初，新婚不久的沈从文得知母亲病殆，随即从北平返回湖南湘西。因路途遥远，且湖南战事不断，加之沅水中游急浪险滩多，为了不让妻子担心，沈从文从桃源出发时给张兆和写了大量的书信，并画了多张速写。

他在船舱里这样说：我离开北平时还计划每天用半个日子写信，用半个日子写文章,谁知到了这小船上却只想为你写信,别的事全不能做。而远在北平的张兆和则时刻惦念着她的二哥,当风声粗暴地吼起时,她想,"长沙的风是不是也会这么不怜悯地吼,把我二哥的身子吹成一片冰?为这风,我很发愁"。

她不知道:"一个人心中倘若有个爱人,心中暖得很,全身就算冻得结冰也不碍事的!"

所有的,都在翘首等待。所有的,都在文字中温暖。相爱的人儿,如何禁得起长久的别离?只是"爱"这个字,即使疼,也是一种快乐的疼吧。

其时,我所乘坐的小木船正穿行于静静的沱江,因临近傍晚,江面上飘起了一层轻雾,两岸的翠山、林立的吊脚楼皆笼在白蒙蒙的雾里。船尾的艄公这时亮开嗓门唱起豪放粗犷的山歌,尽管是土语听不懂,但那温柔的曲调却令我涣散的思绪越来越密集,甚至我听得见沈从文在沅水上喊叫张兆和的声音。

留一座美丽的岛

　　除去短暂的外出旅行和学习,我几乎没有离开过这个我生活了多年的小城。它不富有,却也不贫穷;不喧哗,却也不寂静。小城恰到好处的仁慈、悠闲,令它的百姓散漫、慵懒。穿行于下午宁静的阳光中,我常常发觉自己会迷失。我始终认为,我的内心有比白云更舒畅的空气,有比浪花更深邃的海风。

　　阳光越来越高。我悠闲地坐在朝南的窗下,就着蓝玻的碎阳,轻轻地打开一本有着深蓝色封面的图书。微尘就那样轻轻地浮起来,像书中的句子,又如细碎的樱花,飘飘洒洒地飞扬枝头,落了满怀。

　　一切来得是那样地突然,不期而遇。

　　"当你在城里盖一所房子之前,先在野外用你的想象盖一座凉亭。因为你在黄昏时有家可归,而你那更迷茫更孤寂的漂泊的精魂,也有个归宿。"

　　越过岁月的幕帘,我抵达黎巴嫩诗人纪伯伦的凉亭。恍惚中,有宿命之神在岁月之上向我频频招手。

我记起1976年地震期间，大人们忙着在路边搭建帐篷，而我则躲在遮了好几层棉被子的桌下，安然地读着唐诗以至被母亲揪耳朵的憨样；记起少女时代，用三年的时间读完《红楼梦》的懵懂时光；记起自结婚以后，先后搬了三次家，千余册书终于有了它们自己归宿的那份无法言说的快乐……

对我来说，文字就是我的凉亭了吧？它们总是让我聆听到心灵深处的声音。

与温柔、明丽的文字相比，我更喜欢读悲剧性的文字。

不可否认，生活是沉重的。但是，我以为，悲剧的震撼力及号召力远远大于喜剧色彩的文字，而且读者的反刍时间也会更长，它是把生活生生地剥开来，露出它的内核给人们看，它同样能给人以启迪、向上的精神。因为生活原本就是五彩缤纷的，若一味地轻快、靓丽，总有一天我们会失了痛感，而不知如何寻找出路。

有一段时间，我曾发誓不再阅读，不再写作，做个慵懒的人，好好地享受生命所给予我的一切。

可是却做不到。因为文字给予我的那份快乐、自信，是谁也无法与之抗衡的。文字又是我的终身伴侣，隔着时空看过去，永远都是鲜活的。好的文字可以直抵灵魂，彼此安慰彼此倾听，彼此深入彼此抵达。

于是，继续在夜深人静时面对电脑，让一些心事从指间流淌。这时的我，穿着家常睡衣，伴着一盏橘黄色的台灯，那些击碎夜之梦的文字，如黑夜中盛开的满天星，温暖着我的十指，似水流年的，是盈盈浅笑时伤怀的美丽，只为了在心中留有一座美丽的岛！

岁月如此流逝。我在自己的岛上，用文字结网、晒网，每一个网眼都是压缩了的时间，朝着无数的方向延伸，复制着我的记忆，触及内心最柔软的部分，哪怕再也无处可寻。

时光消逝了，我没有移动

"时光消逝了，我没有移动"，这是法国先锋派诗人阿波利奈尔《密拉波桥》中的一句。其实，这首诗有好几个译本，此句诗是闻家驷译的，而我收藏的由飞白著的《诗海》中，与之对应的句子却被译成"夜色降临钟声悠悠／白昼离去而我逗留"。两相比较，我偏爱闻家驷译的。

"时光消逝了，我没有移动"——是的，尘世的一切都是流动的、无常的，许多的物躺着，比如爱情、时光、生命，它们曾在哪里，又逃向何方？我们不知道，也挽留不了。或许，我们只能学着里尔克那样：

对沉静的大地说：我流动。

对迅疾的流水言：我在。

触摸"爱"

十几年前,曾买过一本蒋碧微写的书,书名早已忘记,只记得书里有蒋碧微与张道藩百十封情书。记得当时读完后,对蒋与张的恋情很是感慨,即使现在,此刻,我也还是要为他们这份苦情唏嘘不已。

那时的我还年轻,对人间的情爱体悟得不是那么彻底,以为只要有情,只要有一份懂你怜你惜你的心,再苦的日子也是快乐的。殊不知,这世上,变得最快的往往是情爱,是令你辗转不安,令你挥之不去,令你一提起就会心痛得泪流满面。一个情字,万万不可以轻易触碰。

但,蒋碧微最终还是被张道藩感动了,接受了。虽然蒋碧微以一个少女的身份,于1917年跟徐悲鸿私自出走,由此可以看出,两人是有感情基础的,不过,随着时光的推移,徐悲鸿醉心于绘画艺术,后又移情于他的学生廖静文,这令蒋碧微很伤心。

女人大抵都是情感的奴隶,很容易会觉得"一片芳心千万绪,人间没个安排处"。在来往过程中,张道藩对蒋的痴情、恋慕、呵护、疼爱,与徐悲鸿对蒋的不闻不问形成了鲜明的对比。终于,蒋的感情砝码移向了张。尽管，他们二人，一个是使君有妇，一个是罗敷有夫，还是不由自主地坠入了婚外情网，开始了缠绵半生的苦海之恋，留下2000多封情书。

在廖静文与徐悲鸿共同生活了8年后，徐悲鸿逝世，时年58岁。这对年仅30岁的廖静文来说，不啻是天塌了。此后的半个多世纪里，廖静文做着徐悲鸿没做成的事，办画展，出画册，写长篇回忆录《徐悲鸿一生》。支撑着廖静文瘦弱身躯的，我想，除了爱，还是爱。

不禁想起另一本书《爱你就像爱生命》，是王小波生前写给妻子李银河的情书汇集，行走于其中，我仿佛触摸到他们的美好时光。

王小波的文章，我看得不是太多，只看了一些杂文，小说没看，却没想到，他竟是这样一个柔情的男子：

"我和你分别以后才明白，原来我对你爱恋的过程全是在分别中完成的。就是说，每一次见面之后，你给我的印象都使我在余下的日子里用我这愚笨的头脑里可能想到的一切称呼来呼唤你。比方说，这一次我就想到：爱，爱呵，你不要见怪：爱，就是你呀。"

在李银河的心目中，王小波是一位浪漫骑士，一位行吟诗人，一位自由思想者。王小波把情书写在五线谱上，这独特的创意，李银河不被击倒才怪呢，想来每个女人都是渴望浪漫的吧！

王小波这样写道："我和你就像两个小孩子，围着一个神秘的果酱罐，一点一点地尝它，看看里面有多少甜。"

天真无邪和纯真诗意令李银河感动不已。

王小波告诉李银河，有这么一首歌："在门前清泉旁边，有一棵菩提树，在它的树荫下面，我做过甜蜜的梦……在它的树荫下面，我做过甜蜜的梦，无论是欢乐和悲伤，我总到那里去。"

被爱是一个女人最大的幸福。能够与自己的丈夫白头到老，即便过着辛苦却快乐的生活，想必也是每一个女人所甘愿的。

　　生命是如此的短暂和脆弱，可是在短暂的一生中，如果有人给你这样一份浓浓的爱，我想，即使厮守的日子很短，也足够回味一生了。

在大地上我们只过一生

胡丹娃的长篇小说《活在福地》，我是带着欣赏的心情读完的。合上最后一页，突然觉得有两句话很契合此小说的主旨，一句是叶赛宁的"在大地上我们只过一生"，一句是荷尔德林的"人诗意地栖居在大地上"。虽然荷尔德林的这句名言后来被海德格尔拿来引用成"人，诗意地安居"，但他又说，要寻找一个诗意的栖居之地并不容易。

《活在福地》发表在《莽原》2007年第2期和第3期上，是丹娃的第一部长篇小说。这是一部蕴藏着多个命题且寓意深刻的小说。在世人的理解中，似乎只有墓地才算得上是福地，但作者却说"活在福地"，那么，她笔下的福地究竟是什么样子的呢？

母亲明株，因胃癌去世。这位有着革命经历的老书记，临终前捐献了自己的眼角膜。在为她整理遗容时，一张老年男子的相片将她的隐秘之情泄露于世。父亲方才没有看到这一幕。方家的儿女们都知道这个老年男子、建筑学家林知柏是父母的好朋友，从此这个秘密似一枚炸弹，压得每个人都喘不过气来。小说伊始，便把这个秘密彰然于众。

老教授、经济学家方才八十大寿这天,林知柏竟然领来了为他介绍的女朋友,这天距母亲过世才三个月,而且这位女朋友仅比方家大女儿、医院临终关怀中心护士长方有大五岁。儿女们的态度可想而知。在众人都处于愤怒之中时,在电视台做编导的二女儿方知却和林知柏在城墙上散起心来。小说由此展开,而更多的隐秘之花,随着情节的深入,也在这个大家庭里缓缓铺陈。

爱,是孤独的,异性间的关爱,哪怕只有一点点,大概也会燃起对方的眼中之火吧。不过很多时候,爱上一个人,又有着说不清的缘由。或许有着相似的秉性,或许双方都有一颗年轻的心,方知成了林知柏的情人。这时,他们的年龄分别是四十五岁和七十岁。

爱着的人,并不在乎年龄的悬殊,问题是,本能的背后,他们都不是生活在真空中。他或她,都有着自己做人的准则,都有着对幸福的自我评判,都有着各自要面对的现实、家人及生存空间。心灵不堪重负的方知终于和林知柏分手。在丈夫住院期间,方知目睹了大姐方有对那些临终病人的关爱,她发现,一个人做善事其实也是在完善自己、完善周围的环境。于是,方知成了临终关怀中心的一名志愿者,并为之踏上了死亡之路。从此,方知和死去的外婆、母亲、弟弟原女友檬檬及其妻沙茵葬在同一块墓园,这里水土肥沃、芳香四溢,她们住在树下,终于诗意地安居。

与方知有着共同渴望、不同际遇的方家儿女们,尤其是女性,她们对爱执着、与命运抗争、钟爱自己的职业,她们想抵达幸福、抵达生活的诗意、抵达可贵的自省,这让每个读者都能从中找到似曾相识的影子,继而触摸到现实中那些令人温暖的真实瞬间。

面对众多挣扎的灵魂,作者没有说教,没有主观评判,在她的眼中,"人性的弱点无所不在,人性的美好也无所不在",她只是将生活真实地呈现在读者面前。其实,真正意义上的小说,比任何一种文学样式都更真实地抵达生活的真实。整部小说从头至尾都满溢着温暖情怀，满溢着宗教情怀，活着的意义背后，直指深邃的生命意义。

《活在福地》的叙述角度很独特，作者以死去的亡灵方知为叙述人，以她的故事为主线，揭示了在大地上只过一生的尘世之人该如何在生之时做到诗意地安居。人，大抵都能安居，但要诗意地安居，那就不仅仅是指活着，而是如何将短暂的一生活得有价值、有质量、有尊严。譬如方有对幸福的理解："有时候，我们就是要告诉自己是幸福的，哪怕我们并不幸福。"譬如方知对不幸的那份坦然与从容："生活中任何一种不幸都可以分行排列成诗歌。"这就是希望的力量、美好的力量，只有将希望凌驾于失望之上，生活中所有的无奈、不幸才会遁去，人才能活出精彩、活出自我。那么，"生也福地，死也福地，家园是福地，墓园也是福地"。

《活在福地》另一个让人称道的地方，是该小说不单纯描写男欢女爱，而是将现实中的诸多问题于不经意间呈现在读者面前，如老年问题、终极关怀问题、亲情的疏近问题、生命的质量问题，以及女性如何克服自身不足、完成自我救赎的问题，等等。人物形象丰满，语言干净知性，直指表述的精神内核。小说中，作者让众多女性离我们而去，看似凄美，其实蕴藏着一股力量。美的东西，无论走多远，都会在我们身边，弥漫经久。这恰恰也反映出作者内心的大爱。